COLLECTION FOLIO

Hervé Guibert

Le Paradis

Gallimard

© *Éditions Gallimard, 1992.*

Hervé Guibert est né en 1955. Il est mort à Paris en 1991.
Il est l'auteur d'une douzaine de livres parmi lesquels *La mort propagande, Des aveugles, Mes parents, L'image fantôme, À l'ami qui ne m'a pas sauvé la vie.*

à Miss Simpson

25/1/11

Jayne éventrée, l'andouille, l'ex-championne de natation, sur la barrière de corail au large des Salines, je me retrouvai seul au bout du monde, avec une voiture de location que je ne savais pas conduire, les mains vides mais les poches bourrées de liasses de billets de cent dollars, un grand chapeau de paille sur la tête, dans ce pays de sauvages dont j'ignorais la langue, ayant longtemps attendu sur cette plage qu'un rouleau me rapporte le corps de Jayne pour constater que sa chair ouverte du pubis à la poitrine, rose bleuté, comme une vulve tailladée par un sadique sur toute la longueur du tronc, était d'une consistance semblable à celle des thons et des dorades corifères que nous avions examinés ensemble, Jayne et moi, quelques heures plus tôt, au marché du Vauclin, parmi les singes moqueurs et chapardeurs, les colibris rapides au frou-frou transparent vert irisé, dans ce pays hostile où Jayne m'avait traîné et où le jour disparaissait brutalement à cinq heures, laissant alors monter comme un orchestre ces bruits de la nuit de plus en plus stridents qui me tapaient sur les nerfs, après avoir faufilé une main dans la plaie du ventre de Jayne j'allai louer un bungalow au Sunny Hotel, je branchai le ventilateur et restai là, étendu sur le lit, les bras en croix pour moins transpirer, les yeux ouverts fixant interminablement les pales de plastique blanc du ventilateur, sans penser à rien.

Jayne disait : « Aucune vague ne me fera jamais peur. » À quinze ans elle était championne de natation junior, en dos crawlé. Pour épater le jury, gêner ses concurrentes et gagner du temps, elle avait inventé, au moment du signal du départ, un plongeon acrobatique à l'envers, sur tension bandée des jambes et des cuisses qui se détendaient soudain comme un élastique cassé, lui permettant de gagner ces quelques centièmes de secondes au cours desquels ses adversaires, après avoir plongé la tête en avant, devaient se retourner pour arriver sur le dos. Les jeunes championnes de natation, on ne sait pas pourquoi, n'ont plus d'hymen. Jayne avait abandonné la compétition pour devenir une intellectuelle. Elle préparait une thèse sur les écrivains fous, elle avait décidé de limiter son travail à trois écrivains, Nietzsche, Strindberg et Robert Walser, elle les appelait « ses grands fous ». Elle trimballait une valise en zinc, fermée à clef, avec leurs œuvres complètes. En vidant toutes les affaires de la voiture de location, j'avais fait sauter d'un coup de pied la serrure de la valise, et avais été surpris de n'y trouver que des livres, de ces auteurs-là en effet, dans le texte original ou dans des traductions hollandaises, mais j'avais cherché en vain ces cahiers sur lesquels, encore un peu endormi, en ouvrant un œil, je l'apercevais, penchée sur un livre ouvert, en train de prendre des notes, une tasse de café brûlant dans l'autre main. Je me levais et allais embrasser sa nuque, sa nuque splendide. Quand j'allais pisser elle criait : « Ferme ta porte, ça pue ! Des crackers, de la marmelade d'orange, ça te va ? Il reste du café. Tu pourrais pas aller faire un tour, j'ai encore un peu de travail. Je n'y arrive pas quand je sens que tu peux me regarder. » À part sa grosse valise de zinc, Jayne avait très peu d'affaires, chiffonnées dans un sac noir en daim qu'elle portait sur son dos, un jean, quelques tee-shirts, et de ces robes extensibles et hypermoulantes, décolletées dans le dos, sur lesquelles elle n'arrêtait pas de tirer en râlant, quand le lurex remontait sur son cul, son cul divin.

Ils ont mis Jayne au marché du Vauclin, parce que c'est le seul endroit de ce bled où il y a de la glace, il y a même un groupe électrogène pour en fabriquer, au Sunny il n'y a que des glaçons. Ils ne l'ont pas installée dans le frigo, elle ne rentrait pas, trop grandes jambes de sauterelle, il aurait fallu la plier en deux. Ils l'ont laissée à même des pains de glace, sur une planche à légumes posée sur tréteaux, et à défaut d'un drap ils l'ont recouverte d'une grande bâche à quatre œillets qu'ils utilisent pour protéger les nourritures quand il pleut, une eau colorée comme un vin rosé gris très léger s'égoutte de la table dans la rigole, Jayne est au milieu des cageots dans une salle du marché du Vauclin où les gens n'ont pas le droit d'entrer, elle est gardée par un policier. Il y a des accidents comme ça chaque année, mais pas sur la barrière de corail, ça n'était encore jamais arrivé de mémoire d'homme. Ils m'ont emmené reconnaître le corps. Le policier a soulevé la bâche, il a dit :

— Ce n'est pas beau, hein !

J'ai dit :

— Non, ce n'est pas beau.

En fait c'est très beau. Le maillot de bain noir a été déchiqueté, mais il reste, sur une épaule, l'attache de l'élastique qui le retenait. Le ventre n'est vraiment qu'une bouillie et même à cette température il attire de grosses mouches violacées. J'ai longtemps regardé le sexe, qui est en dessous de la plaie. Il m'a semblé que Jayne a été violée depuis hier, que le maillot hier encore moulait son sexe, là il était dénudé, en charpie, étonnamment mauve, presque noir. Je suis rentré au Sunny, j'ai remis en marche le ventilateur que coupe toujours la femme de ménage et je me suis endormi. La porte du bungalow, coincée sur son rail, est impossible à fermer. Avec tout l'argent que j'ai sur moi, je ne dors que d'un œil.

Jayne conduit pieds nus la Mercedes de location bleu de Prusse, elle jette ses tongs à l'arrivée, et appuie à fond sur l'accélérateur. Nous mettons l'air conditionné, mais laissons les vitres ouvertes, nous roulons pendant des heures, dans ces courants d'air brûlants et glacés, sur les routes désertes de la Sierra Nevada. Nous n'avons aucun but que celui de passer le temps. Jayne remet une cassette africaine, mais on l'entend mal à cause de l'appel d'air. Elle roule à tombeau ouvert, je me laisse brinquebaler, je me vide pour ne pas avoir peur. Je ne sais pas si Jayne veut me tuer, elle dit toujours qu'elle m'aime. Le pistolet est dans la boîte à gants, j'espère que nous n'aurons pas à nous en servir. Jayne me demande :

— Pourquoi tu n'as jamais conduit ? C'est tellement agréable, on ne pense plus à rien.

Je réponds :

— J'aurais peur d'écraser quelqu'un.

J'ai été réveillé par les flics à six heures du matin, ils venaient perquisitionner la chambre. Ils ont mis des scellés sur la Mercedes restée garée à la lisière des Salines. Ils m'ont demandé comment j'ai pu trimballer cette grosse valise pleine de livres de la plage jusqu'au bungalow. J'ai pu. Ils m'ont dit :

— Qu'est-ce que c'est tout ce fric ?
— Mon argent.
— Qu'est-ce que vous pouvez bien faire pour en avoir autant ?
— Je suis artiste.
— Vous seriez pas par hasard artiste du commerce de la drogue ?
— Non, vous pouvez fouiller, vous ne trouverez ni dans la voiture ni dans mes affaires le moindre grain de poudre.
— Et vous pouvez signer sur l'honneur que cet argent que vous avez sur vous ne lui appartenait pas à elle ?
— Oui, ça ne me pose aucun problème. J'ai l'impression que mon amie a été violée au marché du Vauclin, dans la nuit qui a suivi sa mort.
— Dans l'état où elle était, dit le flic goguenard, si ça a pu faire plaisir à quelqu'un, je ne dis pas ça pour vous choquer, hein !

Ils sont dans la merde parce qu'ils ne savent pas quoi faire du corps, ou l'enterrer dans le cimetière municipal, ce pour quoi je pencherais, ou le rapatrier en Hollande. Je ne sais même pas si ses parents sont encore en vie, elle n'en parlait jamais. Elle s'appelait Jayne Heinz, c'est tout ce qu'on sait, elle disait : « Je suis l'arrière-arrière-petite-fille de l'inventeur du ketchup, Robert Heinz. Mais mon abruti d'arrière-grand-père, le désastreux Lucien Heinz, qui avait la passion du jeu, a vendu tous ses droits aux Américains en croyant faire une bonne affaire. Bien sûr il a tout perdu. Et on ne touche plus un radis sur aucune des milliers de bouteilles de ketchup qui sont vendues à chaque minute dans le monde entier. Je hais le ketchup. » Les flics m'ont demandé de rester sur place, jusqu'à ce qu'ils me donnent la permission de repartir, je ne sais pas où d'ailleurs.

— Le problème, voyez-vous, m'ont-ils dit, c'est qu'il n'y avait personne sur la plage au moment où votre fiancée s'est, disons, noyée, personne, n'est-ce pas, vous vous rappelez, hein ?

— Non, personne.

— Rien ne nous empêche de penser, ajoutèrent-ils avant de partir, que vous ayez voulu la tuer.

J'ai bien fait de déloger le pistolet de dessous l'oreiller, où dans le noir il m'obsédait, au moindre grincement de ce bungalow qui est le plus éloigné de la réception, et le plus éloigné des autres bungalows, en bordure d'un terrain vague, près d'un grillage facile à escalader, mais au matin ce n'était qu'un tatou apeuré qui était passé par une brèche dans le jardin, j'ai si chaud malgré le ventilateur que je me pose le pistolet sur le front et que je le laisse là, en équilibre, jusqu'à ce qu'il se réchauffe, et que je le retourne, parfois s'il glisse je le rattrape et je le tends en l'air, je fais comme si j'allais tirer, sur l'obscurité, sur moi, sur le rideau qui bouge. J'ai été inspiré d'aller le planquer derrière le rideau de douche, les flics ne l'ont pas trouvé. C'est Jayne qui a mis ce pistolet entre nous. Je ne sais pas d'où elle le tenait. Je n'ai jamais posé assez de questions à Jayne, et maintenant je m'aperçois que je ne sais rien. Elle disait : « Pour un voyage comme ça il faut une arme, pour se défendre, sinon on est refait, ces pays sont trop dangereux. » Mais elle avait autre chose derrière la tête. Une fois elle m'a demandé de la branler avec le pistolet avant de la baiser, j'avais hâte de la pénétrer, et ce jeu m'angoissait, j'avais peur que la balle ne parte seule, j'ai rechigné, mais elle m'a supplié, elle disait qu'elle en avait trop envie. Je lui ai caressé le ventre avec l'arme, j'hésitais encore, et puis avec le bout j'ai massé la fente, passant entre les lèvres, pour essayer de l'agrandir et de rentrer dedans, elle se dilatait et absorbait lentement le métal comme si elle voulait le digérer dans ses sucs. Jayne haletait. Je n'en pouvais plus moi non plus et je retirais brutalement l'arme pour me mettre à sa place. Nous jouissions vite. Au début c'était une fois comme ça, et puis c'est devenu une habitude, nous n'en parlions même plus, mais il nous fallait ça pour faire l'amour, et le pistolet lui entrait de plus en plus facilement dans le con, je l'y enfonçais de plus en plus profondément, jusqu'à la détente, Jayne haletait de plus en plus fort, j'avais de plus en plus hâte de la farcir avec mon foutre, et nous jouissions ensemble de plùs en plus vite, de plus en plus souvent, comme deux fous.

Ni moi ni les flics on n'a retrouvé le passeport de Jayne, ni dans la Mercedes qu'ils ont passée au crible ni dans son sac noir, elle ne pouvait pas le porter sous son maillot quand elle s'est noyée. Et moi je suis certain de lui avoir vu sortir un petit carnet plat, recouvert d'un cuir vert usé, à chaque frontière que nous avons passée ensemble, et nous en passions pratiquement une par semaine. Je me demande bien ce que nous fuyions ou ce que nous pourchassions, c'est Jayne qui avait déclenché ce processus de course, l'ex-championne, dans le temps, sur le globe. Elle disait : « Quand on s'aime, il ne faut jamais rester sur place, l'immobilité dévore l'amour. » Les flics m'ont demandé :

— Et comment ça se fait que vous, vous ayez un passeport suisse ?

J'ai répondu :

— Et pourquoi on n'aurait pas un passeport suisse, si on est suisse ? » J'ai rouvert la valise de zinc, et j'ai secoué un à un tous les livres à l'envers pour voir si le passeport ne s'y trouvait pas. Il n'en est tombé qu'une fiche sur laquelle j'ai reconnu l'écriture de Jayne : « Ne va jamais croire que je ne t'aime pas. » Mais comment être sûr que cette phrase m'était destinée ? C'est peut-être aussi une citation d'un de ces livres, et je n'ai pas le courage de me farcir tout Nietzsche, tout Strindberg et tout Walser pour vérifier ça.

J'ai aussi trouvé au fond de la valise un petit carnet vierge. J'ai décidé de l'utiliser moi-même pour noter tout ce que je sais sur Jayne, pas pour la police, mais pour moi, puisque j'en sais si peu, et j'ai l'impression que plus sa mort s'éloigne de moi plus je l'aime, elle, Jayne, je ne vois pas comment je pourrais aimer jamais une autre femme, Jayne était si belle, si intelligente, si fantaisiste, et elle baisait tellement bien. Je n'aurai pas de deuxième carnet à remplir. Il faut s'y mettre. Par où commencer ? Jayne doit avoir vingt-six ou vingt-sept ans. Elle est très grande, je dirais au moins un mètre quatre-vingt-deux. Elle disait : « Avant toi je ne sortais qu'avec des nains, des nains aux cheveux argentés. » Après la compétition de natation, elle a été mannequin pendant quelques mois à Amsterdam, elle a fait connaissance au cours d'un défilé d'un Yougoslave, un certain Yazo, dont elle parlait avec beaucoup d'affection, une pédale. Elle a vite abandonné le métier de mannequin. Elle abandonnait tout. C'est peut-être pour cela qu'il fallait changer toujours d'endroit, pour abandonner chaque jour quelque chose. Je peux me demander quand elle m'aurait abandonné. Elle l'a fait en filant vers la barrière de corail, malgré mes supplications. Jayne a un petit frère qui a fait de la prison pour des histoires de drogue, une baraque, un buveur de bière, qui grossit chaque semaine un peu plus. Jayne a une passion, comme un reliquat d'enfance, pour les Simpson, cette famille d'affreux jojos qui passe à la télé en dessin animé. Nous avions un petit poste couleurs imbriqué dans le tableau de bord de la Mercedes, uniquement pour regarder les Simpson. Elle arrêtait la voiture n'importe où, pour ne pas les manquer. Ça semblait être pour elle la même nécessité, la même urgence que faire l'amour. Elle achetait les magazines de télé des bleds où nous passions pour chercher les heures de programmation. Elle collectionnait les Simpson sous toutes leurs formes, en tee-shirts achetés dans des Prisunic, en confiseries, moulés en gélatine acidulée dont elle se gâtait lentement les dents.

Jayne me disait : « Il faut sortir, on ne peut pas rester dans cette cage à rats, tu as besoin de bon air pour récupérer », et ça virait toujours à la catastrophe. Elle disait : « J'ai repéré un point sur la carte qui a l'air très impressionnant. Ce devrait être une sorte de gouffre. » Il fallait traverser toute l'île par un sentier, le sentier des Jésuites, qui sillonnait à travers la jungle. Une feuille de bananier entrait dans la voiture, se déplissait dans un claquement et se laissait réaspirer, à moitié déchirée par l'appel d'air. Jayne conduisait comme une folle dans les virages. Parfois je me demandais si Jayne ne cherchait pas à me liquider, ce n'était pas une pensée sans volupté, je me donnais à elle les yeux fermés, grands ouverts mais aussi impuissant qu'un paralytique. Jayne voulait toujours rouler, parce qu'elle ne savait pas se garer. C'est pour ça aussi qu'elle évitait les villes. Elle était une déesse quand elle poussait à bloc sur l'accélérateur en cassant légèrement sa cheville si fine, que j'avais déjà tellement baisée. Elle devenait une patate à vouloir faire un créneau, elle emboutissait toutes les voitures de la rangée. On arrivait aux abords du prétendu gouffre. Un précipice. Quelques touristes avec des vidéoscopes. On s'approchait du vide, et tac, une bourrasque de poussière s'élevait dans notre dos en tourbillon, me déséquilibrant, et menaçant de m'entraîner dans le gouffre. Je suis devenu tellement léger. Je devais écarter les jambes, et écarter aussi les bras pour ne pas tomber tellement la pression était forte. Jayne me regardait en riant, elle disait : « Je crois que je ne t'aurais pas aimé si tu n'avais pas été aussi fragile. Ça te donne un charme fou. Et moi je suis toujours prête à te tendre la main, à te ramasser, à t'étreindre pour t'empêcher de tomber. » Mais elle n'avait pas fait un geste vers moi cette fois-là, alors que j'en avais besoin. Jayne ne pouvait raisonnablement pas déclencher un tourbillon de poussière.

Le lendemain, on oubliait le gouffre, Jayne récidivait : « Il fait bien gris aujourd'hui. C'est le temps idéal pour une promenade, on n'aura pas trop chaud. » Elle examinait la carte, cochait certains points, et nous prenions la Mercedes. Nous nous arrêtions à l'endroit qu'elle avait choisi : une bande lugubre, rocailleuse, désertique, malaisée à parcourir. Jayne disait : « C'est beau, n'est-ce pas ! Ce serait formidable d'avoir un chien ici, il serait heureux comme tout, un chien noir aux yeux doux un peu tristes, ça ne te dirait rien ? Je l'éduquerais pour qu'il ne te renverse pas s'il est un peu gros. » Nous marchions côte à côte sans rien dire quelques centaines de mètres, nous éloignant suffisamment de la voiture, quand soudain Jayne levait la tête au ciel, regardait dans son dos et lançait : « Merde ! Il va y avoir un grain. Retournons vite ! Tout ce gris là, derrière nous, je ne l'avais pas vu, c'est trop bête. » Tout aussitôt d'énormes gouttes glacées s'abattaient sur nous, nous trempant instantanément de la tête aux pieds, nous empêchant de voir où nous avancions, et de repérer la voiture dans le brouillard épais que dégageait le déluge. Jayne me tendait la main, mais c'était moi cette fois qui ne la prenais pas. Je grelottais, ma chemise me collait à la peau. Mes poumons. Jayne me parlait toujours de mes poumons. « Il faut restaurer tes poumons. J'ai vu les radios avec le médecin, il n'y a que ce climat-là qui peut faire quelque chose pour eux. »

Une autre fois Jayne me dit : « Mets ton maillot, ton peignoir, et n'oublie pas tes sandales en plastique pour ne pas glisser sur les rochers, on va se baigner, j'ai trouvé un endroit qui semble facile d'accès. » Je rechigne, elle insiste : « Tu restes toute la journée assis, tassé, soit sur cette méridienne en train de dépiauter ton journal de finances, soit dans la voiture à crever de peur parce que je roule trop vite. Tu t'ankyloses. Il faut que tes membres reprennent doucement, se réexercent à faire des mouvements, et pour cela il n'y a rien de mieux que la natation, tu n'es tout de même pas paralysé, tu n'as pas de béquilles, pas de chaise roulante, tu n'as même pas besoin d'une canne ! » Nous voilà en route pour l'endroit facile d'accès, qui se révèle impraticable. Jayne se baignait nue. De jeunes indigènes ont arrêté leurs motocyclettes au bord des rochers, et sont venus lui dire : « Rhabillez-vous. La nudité n'est pas digne d'un être humain. Cela nous offense, parce que cela nous rappelle le temps où nous étions des esclaves. L'homme n'est pas l'animal. Maintenant nous sommes libres. » Jayne remit son maillot noir. J'ai laissé sur les rochers mon peignoir, mes lunettes noires, j'ai mis une pierre dans mon chapeau pour qu'il ne s'envole pas, et, avec mes chaussures antidérapantes, j'essaie de me laisser glisser dans une de ces crevasses, où je ne suis même pas sûr d'avoir pied, dans un de ces mini-gouffres tapissés d'oursins et de ces bêtes molles inconnues qui envoient des décharges électriques. Tandis que Jayne, de son inimitable dos crawlé, batifole déjà au large, je mets un quart d'heure à définir un vague escalier de roches moussues et rondes, glissantes même avec mes sandales. Soudain un trou m'engloutit, j'ai à peine pied, je dois faire la pointe pour garder la tête hors de l'eau, je voudrais appeler Jayne mais j'ai le souffle coupé, je commence à rebrousser chemin. Je n'ai pas vu qu'un immense hors-bord fonçait à l'horizon, deux énormes vagues me rattrapent pour me réaspirer dans mon trou, dont je n'arrive plus à sortir. Cette fois j'ai crié. Jayne m'a sauvé la vie. Oui, sans doute, elle m'a sauvé la vie.

J'oubliais : Jayne porte des verres de contact, elle les avait quand elle s'est noyée, je n'arrive plus à dire le mot éventrer, j'ai l'impression que je l'éventrais avec le pistolet chaque fois que nous faisions l'amour. Elle doit encore avoir ses verres de contact, à Fort-de-France, à l'institut médico-légal où on l'a transférée pour une autopsie. Jayne a les yeux verts. Les flics sont revenus pour prendre mes empreintes, puis ils m'ont dit : « Vous êtes libre. Vous pouvez quitter ce bungalow pourri, et aller où bon vous chante, à condition que ce ne soit pas trop loin, parce qu'on ne sait jamais. Pourquoi n'iriez-vous pas à Fort-de-France ? On vous y emmène, et on vous paie la chambre. » J'ai compris que les flics avaient intérêt à ce que je réside à Fort-de-France parce qu'il leur était plus facile de m'y surveiller. Avec lassitude j'ai répondu que j'allais réfléchir. Jayne ne portait pas de verres de contact quand j'ai fait sa connaissance, mais de longues lunettes effilées qui lui donnaient un air américain affairé, un peu intello, très efficace, avec ses dossiers sous le bras et son microphone dans la poche. Elle portait un tailleur. Nous nous sommes connus à Genève, sur la terrasse panoramique du building de trente étages de la Stequel and Hirschfeld Incorporated, où l'ancien associé de mon père donnait un cocktail. Mon père est mort il y a trois mois. Jayne était la secrétaire de cet homme que je n'aime pas beaucoup, que je soupçonne même d'avoir détourné une partie de la fortune de mon père. Jayne avait sans doute été engagée par Stequel, une semaine plus tôt à peine, parce qu'elle parlait et lisait couramment l'anglais, l'allemand, le français, l'espagnol, elle était extraordinairement douée, peut-être qu'il l'avait engagée pour son cul, en tout cas c'est moi qui l'ai embarquée, dès le lendemain nous sommes repassés par Zurich pour prendre les affaires dans mon appartement, et nous sommes partis avec la Mercedes, « mon tombereau » ai-je pensé quand j'ai vu sa couleur bleu plombé. « À cause de toi je ne serai pas restée longtemps une personne sérieuse », m'a dit Jayne en éclatant de rire. Il faudrait que j'arrive à retracer notre voyage en Afrique, parce qu'il m'amènerait à retrouver certaines choses concernant Jayne, mais j'ai beau creuser, il ne m'en reste presque aucun souvenir.

Je suis retourné rôder sur la plage où Jayne est morte, mais toutes les dunes se ressemblent, cette plage est interminable et ils ont retiré la Mercedes, je n'ai plus de points de repère. J'ai cherché à l'horizon cette frange blanche et mousseuse qui signale le corail, et vers laquelle Jayne a été comme aimantée. Je n'arrive pas à avouer la pensée que j'ai eue au moment où elle a filé en crawl vers le rouleau malgré mes objurgations et pourtant l'avouer, même à moi-même, même à un carnet, m'en délivrerait peut-être. Je ne veux pas non plus en laisser de trace. Mais une pensée n'a aucun poids dans le domaine de la justice, à laquelle je vais peut-être être livré, une pensée n'est pas un acte, aucune pensée ne peut tuer, sauf si on croit aux esprits. Il n'y a jamais personne sur cette plage, parce qu'elle est dangereuse. Depuis la mort de Jayne, en plus des pancartes qui avaient été à moitié effacées, ils ont ajouté un immense drapeau avec une tête de mort. J'étais fatigué, il faisait trop chaud, j'ai cherché de l'ombre, je me suis assis le dos contre un grand arbre, et je me suis endormi. J'ai été éveillé par une pluie fine qui dégouttait sur mon visage, depuis les feuilles de l'arbre, j'ai levé la tête, de grosses feuilles aux découpures étranges que je n'avais jamais vues. J'ai laissé la pluie baigner mon visage, j'ai entrouvert les lèvres pour m'en désaltérer, et je suis parti à pied en direction du poste de police.

« Je me rends », ai-je lancé en entrant chez les flics, qui sont chaque fois les mêmes, comme s'il n'y avait aucun roulement dans leur tour de garde. Ils étaient interloqués.

— Je me rends à votre suggestion d'aller habiter à Fort-de-France. Mais je voudrais y emmener toutes les affaires de ma fiancée, la valise avec les livres, et son sac.

J'aurais voulu m'en débarrasser que je n'aurais pas mieux fait. Ça leur a donné l'idée, avec presque une semaine de retard, de réquisitionner ces affaires. J'ai dit :

— Et alors vous ne me laissez aucun souvenir ? Non seulement j'ai mon chagrin mais vous me retirez aussi mes souvenirs ?

— Vous n'avez qu'à garder les boucles d'oreilles, ont-ils dit en secouant le sac noir au-dessus du lit d'enfant de ma chambre du Sunny où ils m'avaient ramené.

Jayne avait deux paires de boucles d'oreilles, de gros anneaux, et de petits anneaux tordus et cabossés qu'on aurait dits passés sous un Caterpillar, ses préférées. Je suis allé payer la note à la réception et nous sommes partis pour Fort-de-France. Les flics portent mes affaires. Le pistolet est tout bonnement dans ma poche.

Je n'habite pas à Fort-de-France même, les flics m'ont collé dans une pension de l'autre côté de la baie, dans un endroit appelé l'Anse aux Ânes, dont la patronne, par ailleurs très gentille avec moi, et qui me prépare de bons petits plats, des crabes farcis, des purées d'avocat, des steaks de tortue grillés, des blaffs d'oursin, semble être dévouée aux flics, pour ne pas dire une indic. Je sais qu'elle fouille toutes mes affaires, mais elle ne peut pas me fouiller, et le pistolet passe d'une de mes poches à l'autre quand je change de vêtement. Mes doigts n'ont qu'à l'effleurer, ils sont immédiatement aspirés par le vagin goulu de Jayne. La pension est au bord de la plage, juste en face de l'embarcadère avec les navettes pour Fort-de-France. Il faut deux heures pour l'atteindre en voiture, et vingt minutes seulement en bateau, en traversant la baie. Si les flics préfèrent m'avoir mis de ce côté de la baie, et non dans la capitale, c'est que ça me prendrait plus de temps de m'enfuir si je le voulais, que de Fort-de-France, où je n'ai qu'à monter dans un taxi et à me faire conduire à l'aéroport, en espérant que je passerai au travers des contrôles de police. Je me lève tôt le matin, la patronne me sert mon café sous la tonnelle où il fait encore frais, et je vais à pied, en longeant la plage, chercher mon *Libération* dans la cahute qui vend aussi des bouées et des matelas. Je m'assieds sur un banc pour parcourir les gros titres, puis je le jette dans la poubelle, j'ai toujours l'impression de commettre un délit en ayant sur moi un journal. Je retourne dans ma chambre pour dénombrer mes affaires et vérifier que la patronne n'a pas subtilisé quelque chose en faisant le ménage. Je n'ai rien à faire, je me recouche. Dehors la chaleur commence à monter. Je fixe le plafond. Un papier peint de couleur verte. Tandis que mes yeux vacillent le papier peint se met à bouger, ce sont ces grandes feuilles aux découpures si particulières qui avaient goutté sur moi quand je m'étais endormi sous l'arbre. Elles m'obsèdent. Je n'ai pas besoin de papier peint pour y repenser. Soudain je me réveille en sursaut, et en sueur, et je vais trouver la patronne. Je prends mon petit carnet, et j'essaie de lui dessiner la forme de ces feuilles, je lui dis :

— Vous savez ce que c'est que cet arbre ?

Elle me regarde étrangement, en me scrutant au fond des yeux. Elle dit :

— Je trouvais bien que vous aviez les pupilles un peu jaunes. Et puis vous êtes très agité, vous avez toujours été comme ça ?

Je lui dis :

— Mais c'est quoi cet arbre enfin, c'est quoi son nom ?

— Le mancenillier, dit-elle.

— Quoi ?

— Le mancenillier. On dit qu'il ne faut jamais se mettre sous un mancenillier quand il pleut, parce que alors les feuilles dégorgent quelque chose de très toxique, mais je n'ai jamais cru à ces idioties, les enfants adorent justement les mancenilliers et ils attendent des heures sous les mancenilliers que la pluie arrive, la nuque cassée en arrière, la bouche grande ouverte, pour boire le bon poison.

Tous les jours après le repas et ma sieste, je prends la navette pour Fort-de-France, histoire d'avoir un but. Je mets mon costume noir, et ce chapeau aux larges bords ébouriffé de paille que Jayne m'avait acheté, je porte des chaussures et des chaussettes noires, des lunettes noires, je suis en deuil. Ici je peux marcher tranquillement dans la ville, personne ne me reconnaît. À Zurich c'était l'enfer, c'est aussi pour ça que Jayne a réussi à me convaincre de tout lâcher. Il y a eu tellement d'articles sur moi à la mort de mon père, des articles avec des photos, qui avaient l'air de m'accuser. L'ex-associé de mon père, Stequel, a la main sur la presse. Ici les journaux ne sont jamais arrivés, ou les gens les ont oubliés. Je n'arrive pas à écouler mon argent. Ce n'est pas que Jayne était dépensière, elle ne m'a jamais rien demandé, mais j'aimais bien sentir mes poches se délester de ce poids de l'argent, tout en sachant que mon homme d'affaires n'aurait qu'un fax à envoyer de Genève pour les remplir de nouveau.

Je suis entré à l'improviste dans le commissariat de Fort-de-France, ils étaient tous très agités, d'abord ils ne m'ont pas reconnu, puis un flic a lâché d'une voix trop forte : « Jayne Heinz n'existe pas ! Ni d'Amsterdam ni d'ailleurs, Interpol est formel. » Un autre flic a ajouté, ça m'a paru bizarre : « Ni au vingtième siècle ni au dix-neuvième, Jayne Heinz n'a jamais existé. Vous pouvez repartir, vous êtes libre. L'examen a prouvé que c'est bien le corail qui a éventré votre amie. Mais nous on est dans la merde : on a un corps qui se décompose à la vitesse grand V, et aucune identité, aucune destination, personne à qui rendre le corps, puisque cette personne n'existe pas. On ne peut même pas s'en débarrasser en vous le donnant à vous, on n'a pas le droit, vous n'avez aucun lien officiel, et comment pourriez-vous en avoir, puisque Jayne Heinz, je vous le répète, n'existe pas ? » Pendant quelques secondes j'ai pensé qu'ils me tendaient un piège. Ils m'ont remis la valise de zinc avec les livres, et le sac noir de Jayne, j'ai demandé qu'on les fasse porter à l'aéroport, et enregistrer pour Zurich. Je ne sais pas où aller. Je n'ai pas envie de retourner à Zurich, je n'ai pas non plus envie de continuer la route. Je vais peut-être rester ici. Après tout je ne suis pas trop mal dans cette pension, à part les moustiques. Et personne ne sait que je suis ici.

Comment ça, ma Jayne n'existerait pas ! La femme que je branlais avec le pistolet n'aurait jamais existé ? La femme que j'aimais était un fantôme ? Allons donc ! C'est moi qui ai maintenant l'impression, à cause de ces idioties de flic, de n'avoir été qu'un fantôme aux côtés de Jayne, d'avoir été déjà mort au moment où elle m'a rencontré, et je crois aimé. Avec ma maladie j'aurais justement dû être mort peu de temps avant d'avoir fait sa connaissance. Et je n'aurais pas vécu la mort de mon père, cette mort abominable. Je suis retourné voir la patronne de la pension, cette histoire d'arbre qui dégoutte du poison m'obsède réellement, je rêve chaque nuit que je m'endors sous l'arbre, et la pluie, le poison me réveille en sursaut. Je suis revenu à la charge :

— Mais qu'est-ce que c'est que cet arbre dont vous m'avez parlé, ce mance quelque chose ?

— Il n'y a que vous pour ne pas savoir lire les pancartes qui pullulent autour de ces arbres quand même assez rares.

— Et qu'est-ce qu'ils font exactement, ces fameux arbres ?

— Ils rendent maboule, nazbrok. Le congolo gâté, vous saisissez ce que ça veut dire ?

J'ai décidé de louer un petit avion et de m'attacher le service d'un pilote pour claquer plus vite mon fric. Nous devons faire notre premier voyage pas trop loin, sur l'île d'Union-Anchorage en zone anglaise. Mon pilote est un Belge, le genre bourlingueur très poilu qui veut mener une vie saine et libre sous les Tropiques. Il ne m'énerve pas pour l'instant, il a compris que je n'aime pas faire la conversation. Nous sommes partis le matin de l'enterrement de Jayne à Fort-de-France, je n'avais plus envie d'y assister, du dégoût. J'ai emporté ses compacts avec son petit appareil portatif qu'elle se mettait en ceinture dans la Mercedes : les Cocteau Twins, les Négresses vertes, Siouxsie and the Banshees, tous ces trucs que je ne connais pas. J'ai eu un petit choc dans l'avion quand j'ai voulu écouter ces disques : il n'en sort aucun son. J'ai passé l'appareil au pilote, il est sans doute plus débrouillard que moi, mais il m'a dit : « Non, ce n'est pas l'appareil qui ne marche pas. Mais il n'y a vraisemblablement rien de gravé sur ces sillons, ça se voit si on incline la plaquette en la faisant raser par une source de lumière. » Jayne n'écoutait rien quand elle me faisait croire qu'elle écoutait quelque chose. C'était une bonne façon de me clouer le bec, de couper court à mes déclarations. « Ça en dessous, me dit le pilote, l'îlot que vous voyez, c'est l'île Moustique. C'est là qu'habite Mick Jagger. On l'appelle l'île des milliardaires. Si vous regardiez avec des jumelles, vous verriez des bergers allemands et des dobermans qui aboient en direction des avions qui rasent l'île pour mater les villas. Les bruits de ces avions qui passent et qui repassent les rendent fous. Tout ça parce que Mick Jagger habite là. En fait il n'habite plus là du tout depuis longtemps, mais les mouches se précipitent sur le leurre... » Je ne l'écoutais plus, je pense : « Si Jayne n'existait pas, il est logique que la musique qu'elle écoutait n'existe pas non plus. »

Fritz m'ennuie. Nous nous ennuyons ensemble sur les tabourets du bar de l'Hôtel Anchorage, où nous avons pris deux chambres bien éloignées l'une de l'autre. Fritz dit : « Quand je vole, je ne bois pas une goutte d'alcool, et j'ai une pêche formidable. Quand je n'ai pas de courrier à faire, je commence la bière à huit heures du matin, je continue avec le vin rosé au déjeuner, je fume un petit joint pour faire ma sieste et j'attaque le punch au milieu de l'après-midi, jusqu'à ce que je m'écroule. Je deviens une véritable épave. » Fritz a quitté ses cours à l'école d'agronomie de Bruxelles pour voler. Je l'empêche de voler. Le bar de l'Anchorage est le lieu de rendez-vous et de transit des pilotes qui font la navette entre les îles françaises et celles de l'archipel anglais. Fritz ne quitte pas ses vieilles sacoches de cuir bien patinées et lustrées, qu'il a toujours sous le bras, et que je l'ai vu passer comme une lettre à la poste, en lançant un clin d'œil au douanier, alors que moi ils ont fouillé jusqu'au fond du dernier tube d'Efferalgan. Fritz attend ses copains sur un tabouret, parfois il leur confie une de ces sacoches.

Il disait qu'il détestait les touristes américains, mais en fait ça doit lui manquer profondément de ne pas faire de détour au-dessus de l'île Moustique, de pencher un peu son avion pour donner un petit frisson à ses passagers, et de leur dire : « C'est là qu'habite Mick Jagger, il s'emmerde pas, hein, le salaud. » Je n'ose pas dire à Fritz que je n'ai plus du tout l'intention qu'il m'emmène à Bora Bora puis en Afrique, sur la trace de tous les lieux que j'ai parcourus avec Jayne. Ce serait un pèlerinage absurde, qui n'aurait aucun sens avec ce Fritz. Je ne lui ai pas dit un mot sur Jayne, même quand nous avons picolé ensemble, par lassitude. Je n'avais pas envie de jouer les veufs nostalgiques que leurs récits à la fois émoustillent et mettent au bord des larmes. Je sens que ce Fritz me trouve furieusement antipathique, je n'ai pas la bosse de la communication, comme on dit. J'ai pensé me débarrasser de lui en le payant jusqu'à la fin du mois et en y ajoutant un préavis de trois mois. Il ferait une bonne affaire, et moi je n'aurais pas mauvaise conscience. Fritz m'a dit :

— Je devrais à l'aube envoyer une petite cargaison de homards congelés, un truc que j'avais promis avant que vous m'embauchiez. Vous n'y voyez pas d'inconvénient ?

— Aucun.

— Ce soir, continua-t-il, il y a une fête à l'Hôtel Pacifique, là où vous n'avez pas voulu qu'on prenne les chambres, un truc avec des tambours, on boit du punch et on danse jusqu'à l'aube, j'enchaînerai peut-être avec les homards.

Le lendemain après-midi je demandai à Fritz de me raccompagner à Fort-de-France.

— Vous, vous n'êtes pas comme ces connards d'hommes d'affaires américains qui viennent ici une seule journée pour se rassasier de beauté sans même la voir : l'hélicoptère, le petit avion, le quatre-mâts, la baignade dans le lagon, et ils repartent le soir retrouver leur femme après avoir passé la journée avec leur secrétaire. Ils ont bouffé du soi-disant Paradis comme un énorme hamburger dégoulinant de ketchup. Ils sont allés voir le repas des requins, parce que c'est dégueulasse comme spectacle, c'est une des attractions du coin. Ils sont eux-mêmes des sortes de squales, et c'est pour ces gens-là que je vais retravailler, m'a-t-il dit avec une tristesse factice.

J'ai ouvert la vitre de l'avion de mon côté, et, sans réfléchir, j'ai jeté le pistolet dans la mer.

— Qu'est-ce qu'il y a, m'a dit Fritz, vous ne vous sentez pas bien ? Vous voulez qu'on essaie d'atterrir quelque part ?

— Non, non, Fritz, tout va bien, j'avais juste quelque chose qui me gênait dans ma poche.

Je n'avais jamais demandé à Jayne d'où elle tenait ce pistolet. Je savais qu'elle s'attendait à m'entendre lui poser cette question et qu'elle avait une réponse toute prête.

Rosette m'attendait pour aller se coucher. Je lui avais téléphoné d'Union pour la prévenir que je rentrerais dans la soirée. Elle m'a dit :

— Je suis allée aux funérailles de votre amie, c'était très beau. Vous auriez dû venir.

— Je suis parti exprès à cause de ça.

— Oui, je comprends très bien ça, mais c'était très beau quand même, parce qu'on enterrait une femme que personne n'avait vue, on n'avait même pas de photo d'elle, même pas de nom, alors ça donnait au cortège une solennité toute particulière. Les femmes étaient très belles, elles avaient mis leurs chapeaux noirs avec des plumes noires et des voilettes, des tailleurs noirs, des bas noirs, des chaussures à talons noires. Les hommes aussi avaient ressorti leurs costumes noirs, leurs cravates noires, les chaussures noires vernies, et ils attendaient tous en silence, chacun portant une gerbe de fleurs, que le cortège démarre en direction de la petite église en bois frappée par le soleil. Ils commençaient à entonner une sorte de rumeur funèbre, les lèvres closes, et puis quand la procession s'est mise en marche, la fanfare a joué un morceau de je ne sais qui, terriblement triste. Votre amie est déjà une légende ici : c'est la jeune noyée qui n'avait pas de nom. Sa tombe sera toujours recouverte d'une montagne de fleurs, ici c'est le genre d'histoire qu'on adore, qu'on se raconte, qu'on fait vivre de génération en génération. Il y a peut-être aussi un sentiment de culpabilité, de rachat. Cette barrière de corail, après tout, elle est sur notre terre, elle est à nous, on pourrait la limer, ou on pourrait faire des pancartes plus efficaces pour expliquer aux gens que c'est très dangereux d'aller par là, qu'ils risquent vraiment leur vie. Il y a eu tellement de bateaux qui se sont éventrés sur ce corail, les habitants de cette presqu'île y sont tellement habitués qu'ils regardent chaque matin s'il n'y a pas un petit point attrapé dans la barrière blanche, et, s'ils aperçoivent une coque, une voile, ils prennent tous leurs barques avec de grands sacs et vont écumer les épaves, ils n'y vont même pas dans l'espoir de sauver quelqu'un, ils savent qu'il n'y a jamais de survivants...

— Préparez-moi seulement une salade de tomates, Rosette. Ni crabe farci ni boudin créole ce soir, je n'ai pas l'estomac dans mon assiette.

— Je vous ai pris en sympathie, monsieur, s'ouvrit Rosette pour la première fois. Vous n'êtes plus en garde à vue, les flics m'ont redit au cimetière qu'il n'y avait pas le moindre soupçon contre vous, alors, un monsieur comme vous, qui a autant d'argent, parce que je préfère vous l'avouer, ça me soulage la conscience, pour pouvoir fouiller une nuit correctement dans vos affaires sans vous déranger, j'avais pilé un somnifère dans votre boudin. J'ai été épatée de trouver autant d'argent. Et puis le pistolet, ce n'est plus la peine de le cacher, on a bien le droit de se défendre.

J'aurais pu lui dire : « Vous êtes complètement folle Rosette, je n'ai jamais eu de pistolet, tenez, fouillez toutes mes poches. » Mais je n'ai rien dit, j'ai fait comme si je ne comprenais pas de quoi elle parlait.

— Un monsieur comme vous, vous seriez beaucoup mieux au Méridien, où il y a un chef, que dans un boui-boui comme ici. Je ne suis pas mauvaise cuisinière, mais boudin créole et crabe farci à chaque repas, vous ne trouvez pas ça un peu monotone ?

— Moi aussi je me suis habitué à vous, Rosette, et moi aussi je vous ai prise en sympathie. Je crois que je vais rester encore un peu ici, j'ai besoin d'attaches comme ça, ma vie sans Jayne n'a plus de sens, je n'en aperçois pas en tout cas.

— Si monsieur a besoin d'analgésiques pour apaiser une souffrance morale ou physique, j'ai de quoi le soulager. Vous n'avez qu'à me demander.

Je n'arrivais pas à dormir. Le pistolet me manque atrocement, comme si on m'avait amputé des doigts qui ressuscitaient le vagin de Jayne. Je me suis rhabillé, et j'ai marché en direction de la plage. Il y avait une sorte de tempête, l'embarcadère grinçait de façon sinistre. Le bar des rastas était ouvert. Il n'y avait personne dedans comme d'habitude, mais c'est mon bar préféré. On ne sait pas quand il ouvre ni quel jour il ferme, on ne sait pas comment il s'appelle, certains disent le bar des rastas, d'autres disent que c'est le bar Détermination. Les garçons de chez Jojo et les rastas se battent au couteau. Comme d'habitude, je suis allé prendre ma bière au comptoir, et m'asseoir dehors sur la plage, où il y a des bancs en bois avec des tables. Je regardai le bar : c'est un hangar de tôle ondulée avec un vieux juke-box qui passe des quarante-cinq tours de reggae, rayés pour la plupart. Le patron, un vieil homme, l'ennemi de Jojo qui tient l'autre bar officiel, reste éternellement assis sur une chaise devant son bar, comme s'il le contemplait lui aussi, sous un lampadaire, un globe jaune qui attire les insectes, j'écoutais la musique en sirotant ma bière. De jeunes touristes américains avaient fait un feu pour un barbecue qui les avait un peu dépassés, le feu avait pris trop vite, et il n'y avait aucun moyen ni de l'étouffer ni d'y glisser les brochettes, ils remballaient leur viande. Une fille soûle vint m'aborder sur mon banc, elle venait de s'envoyer en l'air, un peu plus loin, dans l'obscurité, avec un rasta qui se rhabillait, et elle était prête à tirer sur-le-champ un autre coup. Elle me passa une main dans les cheveux en me disant : « Tu as l'air mignon, on ne te voit pas à contre-jour », et moi je pensai : « Cloaque à bactéries, microbes et chaudes-pisses. » Je lui dis simplement : « Je ne suis pas ton homme. » Je ne me sentais pas très rassuré parce que Fritz, dans l'avion, m'avait raconté une sale histoire de rastas. La veille au soir il était allé à cette fête avec ce déchaînement de tambours dont j'avais perçu la rumeur avant de m'endormir épuisé à l'aube. Il y avait rencontré un copain, pilote néerlandais, ensemble ils avaient un peu trop forcé sur la boisson et pour rentrer ils s'étaient perdus dans le village en s'accrochant l'un à l'autre pour ne pas s'écrouler. Une bande de rastas leur était tombée dessus, sans rien leur demander, mais en sortant tout de suite de ces longs rasoirs noirs pliables qu'il y avait chez les coiffeurs quand on était petits. Les rastas les ont invectivés en faisant comme s'ils voulaient marquer leurs visages avec ces rasoirs de toutes petites estafilades méchantes : « C'est vous les vrais pourrisseurs de notre temple, c'est à cause de vous que ces saletés d'Amerloques violent nos sanctuaires. Vous devriez mettre des trappes au fond de vos avions pour les donner à manger aux requins. » Fritz et son Néerlandais avaient pris leurs jambes à leur cou. Je rentrai en longeant la plage, et soudain la voix d'un rasta s'éleva derrière moi, dans l'ombre : « Le voici, disait-il, le fantôme en costume blanc fluorescent, l'homme sans tête et sans mains, l'homme invisible, le crabe géant, le fameux fiancé de la jeune fille qui n'a pas de nom. Il paraît qu'une fleur de corail lui est poussée dans le ventre après sa mort. » Il avait dû trop fumer : mon costume est toujours noir, mais il le voyait blanc. Le rasta voulut m'attraper par la manche : « T'es pas un rasta toi mon mec, t'as pas l'air en tout cas très rasta, tu m'as l'air cool ça fait peur. Si tu n'es pas un rasta tu es un Babylone. Un jour les rastas feront la guerre aux Babylone qui détruisent tout, et ils deviendront les maîtres du monde, eh oui mon mec, ça sera moi le roi de l'Anse aux Ânes. File-moi vingt balles ou cinquante pour me laisser l'élégance de ne pas les prendre moi-même dans ta poche. » J'eus le réflexe de prendre mon pistolet dans ma poche, j'avais oublié qu'il n'y était plus, mais je dus faire ce geste avec tellement de conviction que le rasta dut croire que j'avais cette arme sur moi, et il s'éclipsa en ricanant dans la nuit, plus loin.

Le lendemain, quand je sortis pour prendre mon café, je trouvai Jayne assise sous la tonnelle, en train de potasser ses bouquins, penchée sur ses cahiers où elle prenait des notes : je reconnaissais ses cheveux blond-roux, sa petite touffe simplement nouée par un élastique. Mais je trouvai qu'elle avait épaissi, ses jambes n'avaient pas ce galbe adoré, cette finesse de girafe, elle ne portait pas ses tongs, elle avait des sandales de cuir qui avaient l'air d'avoir bien vécu. Ce ne pouvait pas être Jayne, même pas une réincarnation, et je filai dans ma chambre pour ne pas voir son visage, au cas où elle lui aurait ressemblé.

— C'est une jeune fille qui vient là toute seule chaque année, me dit Rosette dans la soirée, sans que je lui aie posé aucune question, mais pressentant que j'avais envie qu'elle m'en parle. Elle fait une thèse sur les pêcheurs d'ici. C'est une fille très sérieuse, très costaud, et très aimée par les pêcheurs parce qu'elle partage leur vie, à la dure, elle part en pêche dès trois ou quatre heures du matin, par n'importe quel temps.

Je repensai fugacement à ces couples d'archéologues anglais qui venaient chaque année dans l'auberge du Cheikh Ali, à Louxor, et prenaient leur bicyclette à sept heures du matin pour aller dévaster quelques tombeaux de la vallée des Rois. Elle s'appelle Diane.

Jayne me dit :

— Réveille-toi mon bébé, ton café est prêt, aujourd'hui je t'emmène à Saint-Pierre, tu sais, c'est ce village qui a été entièrement englouti sous la lave, un jour d'irruption du mont Pelé. Même les bateaux mouillés dans la rade ont coulé, c'est pour ça qu'il y a aujourd'hui beaucoup de plongeurs, ils recherchent des trésors. On raconte que le seul survivant de la catastrophe aurait été le bagnard, sauvé grâce au cachot souterrain dans lequel on l'avait enfermé, les fers aux pieds. Grâce à la protection épaisse de la pierre et à la présence d'un soupirail qui est resté au-dessus du niveau de la lave, il a pu être sauvé. Il y a quand même parfois une justice, non ?

Jayne s'assit dans la voiture, mit ses lunettes noires, et envoya valser ses tongs à l'arrière. Elle démarra en trombe, j'étais mal réveillé. Comme d'habitude elle accélérait dans les virages, j'étais barbouillé ce matin-là, je lui ai dit d'un ton grognon :

— Pourquoi vas-tu toujours si vite ?

Elle m'a répondu :

— Ton père est mort dans un accident de

circulation, n'est-ce pas, et particulièrement atroce comme on a dit. Je conduis vite pour te guérir de ta phobie des voitures, c'est comme un exorcisme.

Le village de Saint-Pierre est resté terriblement vide, et triste, comme s'il avait été sinistré une semaine plus tôt, la chaleur et la moiteur étaient accablantes à cette heure. On s'assit à l'ombre d'une petite terrasse, dans un courant d'air. La bière nous réconcilia.

Je n'arrivais plus à vivre sans ce pistolet. Je suis allé à Fort-de-France en acheter un autre, l'armurier n'a fait aucun problème, je lui ai demandé de le remplir de balles. C'est un petit Browning noir très joli qui ressemble beaucoup au précédent. Il faut que je m'exerce à croire que c'est le même et, plus qu'un sosie, celui qui entrait dans le con de Jayne.

Je suis assis à côté de Diane, dans la R 5 de location Budget, c'est autre chose que la Mercedes. Diane est très bavarde, ça m'arrange, mais parfois aussi elle me prend la tête, je préférerais qu'elle se taise, et rêvasser en voyant défiler les bananeraies avec leurs sacs de plastique vert qui en protègent les régimes, quand ils ne sont pas arrachés par le vent et déchiquetés au bord des routes. L'air est gris, brumeux, il y tourbillonne des flammèches noires. « C'est la saison où l'on distille la canne à sucre. » Diane m'emmène au Robert voir une pêche traditionnelle que les pêcheurs du village répètent un jour par semaine en étirant au large un grand filet et en rapportant la montagne de poissons sur la plage, les villageois viennent se servir comme si c'était une offrande des dieux.

— Le sujet de ma thèse, me dit Diane, à qui je ne demandais rien, est la pêche à l'enivrade. Ici ça se pratique beaucoup. C'est beaucoup plus subtil que la pêche au lamparo ou à la dynamite. On empoisonne les poissons, on les soûle plutôt dans un premier temps. Tu as dû entendre parler d'un arbre qu'il y a ici, qui s'appelle le mancenillier, dont les feuilles contiennent un suc très toxique. On répand ce suc dans l'eau, il attire les poissons, qui en gobent des particules, parce que au début le goût est sucré avant de devenir amer, ils adorent ça, ils s'en gavent, et ils deviennent paf. Ils ne peuvent plus rester sous l'eau et leur corps remonte à la surface, sur le dos, comme de gros ivrognes écroulés à qui on a desserré le nœud de cravate pour qu'ils puissent de nouveau respirer, il n'y a plus qu'à les ramasser au filet, ou même à la main. Le problème de cette pêche, c'est avec la dorade corifère parce qu'il y a toujours un moment où elle se réveille, et elle est vraiment furieuse de se retrouver dans la barque, elle donne des coups de queue qui pourraient assommer un pêcheur, et déséquilibrer l'embarcation tellement elle est puissante. Ils doivent s'y mettre à plusieurs pour la maîtriser et c'est un carnage ignoble pour réussir à la tuer. Ça prend parfois des heures. Ça ne sert à rien de l'assommer avec un gourdin, elle revit au bout de quelques instants. L'envoyer se fracasser sur la coque du bateau en la tenant par la queue, idem, et c'est dangereux pour le pêcheur. Et puis elle pousse des cris atroces, c'est ça qui est le plus insupportable, c'est un cri humain, un peu comme celui d'un enfant qu'on torturerait. Lui sectionner la tête, même à la scie, n'est pas possible sur le bateau, il y a trop de cartilages, la chair est trop ferme, on coupe un morceau de la tête, et la dorade corifère continue de couiner. Même si on arrivait à lui détacher la tête, elle hurlerait encore. La seule chose qu'ont trouvée ici les pêcheurs pour en venir à bout, c'est de lui faire couler du rhum dans une branchie, le rhum inonde les poumons, et elle meurt presque instantanément, mais le rhum coûte cher, et aussi les pêcheurs préfèrent souvent le garder pour eux une fois qu'ils sont en mer.

— Taisez-vous, ai-je dit à Diane.

Après l'Afrique, après ma maladie, après mon voyage à Washington pour l'examen, et ma semi-guérison, Jayne m'a tout de suite dit :

— On part pour Bora Bora. Moi je me suis

bien farci l'Afrique pour toi, et Dieu sait quel cauchemar ç'a été...

— Bora Bora ? dis-je à Jayne, les yeux sans doute écarquillés, tellement je n'en croyais pas mes oreilles. Tu ne te rends pas compte, Jayne, que ce doit être l'endroit le plus surfait du monde, bourré de connards friqués.

— Sans doute, dit Jayne, mais c'est un rêve d'enfant, et un rêve d'enfant ça ne se discute pas... C'était la nuit, j'étais sur la terrasse avec mes parents et mes frères, on avait fini de dîner, il y avait des bougies sur la table, et puis soudain Irwin, un ami de mes parents, est passé en coup de vent, la première chose qu'il a dite c'est : « Je reviens de Bora Bora, c'est le Paradis. » Moi, petite fille, je trouvais cet Irwin très beau, une sorte d'aventurier. Et le mot Paradis a claqué comme une chose fabuleuse. Ce n'était pas lié à la religion, parce que nos parents ne nous avaient pas donné d'éducation de ce côté-là, et pour moi le Paradis n'était pas moins chinois que l'enfer, je ne connaissais rien de ces mythes, mais d'un seul coup, passant par la bouche d'Irwin, le Paradis devenait le fin du fin, le rêve absolu, le sommet, le Paradis quoi, et moi le Paradis je veux connaître.

J'ai voulu en avoir le cœur net sur cette histoire de mancenillier, je suis allé consulter un médecin à Fort-de-France. C'est un vieil homme chauve habillé d'un costume gris qu'on dirait n'avoir jamais été nettoyé, et mis tous les jours d'hiver comme d'été depuis au moins trente ans, une très mince cravate à pois de couleur jaune, avec un tout petit nœud, plutôt un ruban. On voit qu'aucune femme ne s'occupe de cet homme, minuscule dans cet immense cabinet tapissé d'émail blanc et encombré d'ustensiles qu'on prendrait facilement pour des pièces de musée. Il m'a tout de suite fixé dans les yeux, et m'a demandé :

— Hémiplégie ?

— Non, ai-je répondu, je n'ai jamais perdu l'usage de la parole. Seulement de la mémoire, pendant un temps précis, et partiellement, toujours, de certains membres. Une petite attaque cérébrale, plutôt. Au début on a cru que c'était lié à un voyage en Afrique, ils ont pensé à une bilharziose, puis à un virus qu'on ne connaîtrait pas, un nouveau virus. Moi je crois que ça a été lié à mon voyage en Afrique, mais de façon psychologique. Ça a été un tel choc.

— Comment ça un choc ?

— Pardonnez-moi, je suis incapable d'en parler. Je suis venu pour tout autre chose, mais vous êtes...

— Physionomiste, oui, je soigne souvent comme ça, en regardant dans les yeux... Des antécédents dans la famille ?

— Qu'est-ce que vous voulez dire ?

— Épilepsie, folie ?...

— Oui, une grand-mère folle, enfin complètement foldingue, qu'on bourrait d'Aldolpenidol à la fin de sa vie... Je voulais vous demander : le mancenillier...

— Ah non monsieur, si vous êtes venu pour me parler du mancenillier, vous pouvez tout de suite prendre la porte. Vous m'aviez pourtant l'air d'un homme cultivé... Ayez un peu pitié de moi, imaginez ma vie dans ce cabinet depuis trente ans. Rien que des touristes imbéciles qui se sont entré une aiguille d'oursin dans le pied, et qui vous demandent de la retirer, et si vous voyiez les pieds, je ne vais tout de même pas mettre des gants pour manipuler un pied, et pourtant... Alors ne venez pas me parler du mancenillier.

Je ne vois plus Diane, j'ai l'impression qu'elle m'évite depuis que j'ai repoussé ses avances. Rosette me dit qu'elle se lève tous les jours à trois heures du matin pour rejoindre les marins du Robert qui partent à l'aube sur leur barcasse. Diane m'avait dit au retour de notre excursion, dans la voiture :

— Les pêcheurs n'arrivent pas à me voir comme une femme, parce que je porte une vareuse qui est vite trempée et glacée tout comme la leur dans la tempête, que j'ai une bonne poigne pour tirer sur le filet, et que comme eux je massacre les poissons en les assommant. Je suis un des leurs, je suis leur copain, ils me voient comme un mec. Quand ils me disent Diane j'ai l'impression qu'ils m'appellent

René ou André. Mais quand j'ai retiré ma vareuse et que je remets ma robe, je suis une femme bon Dieu de bordel, mais là impossible pour eux de rattacher mon image de pêcheur à celle d'une femme qu'ils pourraient désirer. Il y en a parmi eux qui me plairaient érotiquement je crois, mais si je le leur avouais, ils éclateraient de rire. C'est injuste. Je bosse toute la journée sur ma thèse, je lis, j'écris, presque tous les matins je pars à la pêche, et le soir que dalle. Je bois un verre de vin pour me réchauffer, alors j'ai envie d'un homme, pour dire les choses franchement. Tu ne voudrais pas faire l'affaire, toi, mais sans sentiment, de façon purement hygiénique ?

— Non, ai-je seulement répondu.

Quand je rentre dans la nuit du bar des rastas, tout le monde est déjà couché, Rosette et Diane, il n'y a plus une seule lumière dans la pension. Généralement je reste encore un peu sur la terrasse avant de rentrer dans ma chambre, je fume une cigarette à la dernière table, la plus proche de l'embarcadère, les pieds sur la rambarde. Je laisse s'écouler le temps, je n'ai jamais eu de montre, même petit, ça ne m'a pas facilité la tâche quand j'ai perdu la mémoire. Deux minuscules grenouilles, comme des miniatures admirablement imitées à partir des grenouilles qu'on connaît, tout aussi vertes, tout aussi plissées et molles, sautant encore plus vite à cause de leur poids mais faisant entendre un coassement au moins aussi puissant que celui de leur modèle, de vrais jouets pour les enfants, venaient me rendre visite sur la rambarde, s'approchant de mes pieds qu'elles devaient prendre pour un monument barbare, une pyramide du Louvre ou une colonne de Buren, érigé sur leur territoire sans les avoir consultées, tandis qu'elles dormaient sous une feuille de frangipanier. Dès que je bougeais un orteil, elles se laissaient tomber hors de la balustrade ou s'évanouissaient en un mouvement trop rapide pour que mon œil puisse détecter si elles avaient sauté en l'air, à droite ou à gauche. Il y avait des grenouilles miniatures qui venaient la nuit tombée sur la terrasse du bungalow que nous habitions avec Jayne, quand nous buvions le dernier punch avant d'aller rebaiser. Je n'ai jamais compris pourquoi Jayne, dès qu'elle les apercevait, retirait une de ses tongs, et essayait de les écraser, comme des mouches ou des blattes.

J'ignorais que le corail était un organisme vivant, je pensais que c'était comme de la pierre, des récifs inanimés, des efflorescences de matières poreuses, d'anciennes îles englouties. La phrase du rasta me revient jour et nuit : « Une fleur de corail a poussé dans son ventre. » J'ai acheté un album sur le corail, ce serait tout à fait possible. Le corail est un organisme cellulaire, qui se reproduit, aussi vivant qu'une méduse, et qui a même, précisait le livre, une bouche et un anus. La matière dont on fait les bijoux n'est que le squelette de l'animal, un squelette inversé, tendu à l'extérieur de lui. Si on se fait même une toute petite blessure avec du corail, il faut immédiatement désinfecter la plaie très soigneusement avec de l'alcool, sinon le corail trouve dans la chair humaine un tissu très favorable à sa prolifération cellulaire. Je vois maintenant Jayne, une branchie de corail débordant de son ventre ouvert à la place des intestins, déjà digérés et rejetés par la bouche et par l'anus de la bête. Elle marche vers moi d'un air suppliant, elle veut me serrer dans ses bras et moi j'ai peur que cette petite touffe de corail ne m'ouvre le ventre à mon tour pour fabriquer une deuxième fleur.

J'ai emmené Jayne dîner au Méridien, pour manger des oursins, parce que Jayne les adore, et que dans tous les restaurants où l'on va manger on nous dit que ce n'est plus la saison, que la pêche et la vente sont interdites. Au Méridien il y a des oursins toute l'année, parce qu'ils les congèlent, ou alors ils les font venir en avion d'on ne sait quel pays. C'était un festin d'oursins, une orgie d'oursins : dans un bouillon épicé qui sentait très fort la mer, la cannelle et l'oignon, des dizaines d'oursins dépiautés, parfumés et succulents, se laissaient rapporter à chaque coup de cuillère. Jayne était dans un état d'excitation insensé, le visage tout barbouillé, se reléchant les doigts, la bouche humide, saturée de plaisir : « Les oursins m'ont toujours rendue folle. J'ai l'impression de suçoter des vulves de petites chattes, des vulves de petites filles, des vulves de louves, des vulves de renardes, des vulves de girafonnes. » Elle a tout vomi en rentrant.

Une horde d'hommes en noir, des bâtons à la main, ont débouché du sous-bois et ont envahi la route, j'ai cru qu'ils allaient arrêter la voiture, et nous assommer.

— Fonce, ai-je dit à Jayne.

— Je ne peux pas, sinon je vais en écraser un, un ou deux.

Elle a freiné. Les hommes se sont approchés des vitres pour nous examiner, ils ont des trognes de paysans, l'air endimanché. Certains ne portaient pas de bâton, mais une cage, une nasse vide avec une ficelle, un autre par la carapace un gros crabe noir terreux qui gigotait.

— Ferme la vitre et bloque ta portière, ai-je tout de suite dit à Jayne en faisant de même de mon côté.

Jayne éclata de rire :

— Tu crois qu'ils vont sortir leurs queues de leurs pantalons, et se branler sur moi derrière la

vitre, comme les maniaques du Bois de Boulogne ?
Ça t'exciterait ?

Je n'ai pas répondu à cette dernière question.

— En tout cas, continuait Jayne en riant, ça ne ferait pas de mal à la voiture, elle a besoin d'un petit rafraîchissement, elle est tellement poussiéreuse, un si beau bleu c'est dommage.

Les hommes sombres s'étaient déjà redisséminés dans l'obscurité du bois.

— Ce sont les chasseurs de matoutous, m'a expliqué notre femme de ménage, une vieille Martiniquaise placide, qui traîne la savate, et qui lave nos verres, dit-elle, par pure sympathie pour nous parce qu'elle n'y est pas obligée. Ce sont de gros crabes de terre qui vivent dans les sous-bois et qui y creusent des trous et des galeries si profondes que parfois un promeneur imprudent tombe dedans et se laisse dévorer par la horde grouillante des crabes, c'est ce qu'on raconte. Une fois par an, pour la mi-carême, les hommes d'ici les massacrent pour les manger, ils fabriquent toutes sortes de pièges plus ou moins vicieux, avec des appâts de viande avariée pour les cueillir au sortir du trou, ils bouchent certaines galeries pour les coincer. Et puis il y a le jour, enfin, après les avoir macérés pendant des semaines dans des marmites d'aromates, où on s'en met plein la lampe. Ils sont pratiquement immangeables, mais c'est une sorte de rituel, on venge toutes les victimes du matoutou.

Jayne n'était pas dans la chambre, descendue chercher le journal et des cigarettes. Il y eut un long silence. La femme me fixait dans les yeux, et je n'arrivais pas à détourner mon regard. Au bout de ce temps infini, elle lança :

— Vous êtes malade ?

Elle a forcément vu dans la salle de bains les tonnes de médicaments que je prends chaque jour pour que mon « problème » comme ils disent ne se manifeste pas. Je lui ai répondu : « Oui », elle a émis un petit gloussement.

— Nous sommes tous malades sans exception, a-t-elle dit, vous n'êtes pas le seul, alors n'en faites pas le centre de votre vie. Pensez à autre chose. Vivre, il n'y a que ça à faire.

J'étais avec Jayne au restaurant, autour d'une petite table ronde éclairée par une bougie, Jayne décortiquait goulûment une langouste, je mangeais des lamelles de thon cru nappées d'une sauce au lait de coco et au citron vert. Les filles ici ont d'énormes masses de cheveux, des queues-de-cheval très fournies auxquelles elles se font une fierté de rajouter des postiches, les plus beaux et les plus abondants, les filles riches en cheveux naturels, les plus pauvres en synthétique. Au bord du fou rire, une des serveuses qui avait dû faire le pari avec une autre vint à notre table nous expliquer les différents codes qui se cachaient sous la façon de lier une tresse, de nouer des cheveux ensemble ou de les séparer par des raies.

— Si vous retirez votre élastique, dit-elle à Jayne avec des hoquets de rire qu'elle n'arrivait pas à contenir parce que l'autre serveuse avec laquelle elle avait dû faire son pari s'était rapprochée de notre table et tendait l'oreille, ça veut dire que vous êtes fiancée, et qu'il n'y a aucun espoir à avoir. Par contre, si vous remettez votre élastique, ça veut dire que vous êtes fiancée, certes, mais qu'un autre prétendant un peu habile pourrait encore avoir ses chances. Si vous vous faites une petite queue-de-cheval en hauteur au-dessus de la tête, comme un plumet, ça veut dire que vous êtes veuve, et que vous en avez marre de l'abstinence.

Quand les deux serveuses furent parties en chuchotant entre elles, Jayne me dit :

— Alors moi c'est quoi ? Avec ou sans élastique ? Pour la vie, jusqu'à la mort, ou juste une passade ?

Je fais partie de ces écrivains qui n'ont jamais rien publié, sinon éventuellement un court texte dans une revue confidentielle publiée quinze ans plus tôt, et qu'ils désavouent maintenant. Ils n'ont sorti aucun livre, mais ils ont un agent littéraire, et sont correspondants pour leur pays d'une revue américaine qui ne publie leur nom que dans leur staff, pour l'étoffer. Généralement nous sommes les enfants d'un artiste célèbre, ce qui expliquerait notre complexe d'après les psychiatres que nous allons consulter. Nous sommes mariés à des femmes riches, qui travaillent, dans la mode ou les parfums, et qui organisent des dîners mondains pour pouvoir dire : « Mon mari est en train de finir son roman, qui est absolument génial, il m'en a laissé lire quelques pages, si ça continue comme ça c'est sublime. » Nous laissons dire sans honte, et personne n'est dupe. Tout le monde sait déjà que le mari en question, qui est assez beau garçon, ne publiera jamais rien. Ou alors il s'agit carrément du pauvre diable qui finit la tête dans la gazinière. La vie de ces écrivains qui ne publieront aucun livre de leur vivant est assez mystérieuse. Écrivent-ils au moins, noir sur blanc, sur du papier, avec de l'encre ou un stylo ? Ont-ils le courage, comme le dit Thomas Bernhard à la fin de *La Plâtrière* à propos de son personnage qui n'a jamais réussi à rassembler ses notes pour écrire son essai sur l'ouïe, de courber la nuque au-dessus du bureau, comme on plonge dans une eau noire dont on ne voit pas le fond, comme on offre sa tête au bourreau ? Écrivent-ils ou récrivent-ils le même passage qui ne leur semble jamais parfait, et qu'ils dégradent chaque fois un peu plus, alors que la première version spontanée était tout à fait prometteuse ? Écrivent-ils et déchirent-ils aussitôt ce qu'ils ont fait par crainte que cela puisse rester et être publié après leur mort, ont-ils cet orgueil-là ? Ou bien ont-ils renoncé depuis longtemps à écrire, renoncé même à se consoler en se disant que Malcolm Lowry a écrit son chef-d'œuvre à quarante ans passés ? À quoi bon écrire un livre si ce n'est pas un chef-d'œuvre ? Le bon âge, à la fois social et physique, pour l'écrivain qui n'écrit pas, comme moi, est à peu près trente-cinq ans : les cheveux un peu argentés, parfaitement taillés sur la nuque et autour des oreilles, un costume sobre, le contraire de l'artiste bohème. De la modestie davantage qu'une agitation qu'on pourrait prendre pour de la démence ou de la frustration. Quand on demandait à Jayne ce que je faisais comme travail : « Je crois qu'il écrit, mais il n'en parle jamais, et moi je ne mets pas mon nez dans ses papiers. »

J'ai disjoncté, il n'y a pas d'autre mot car aucun médecin au monde n'a réussi à élucider ce qui m'était arrivé, trois jours après mon retour d'Afrique. Ça a commencé la nuit, dans une angoisse de plus en plus irrépressible, j'ai réveillé Jayne pour lui en parler, et je suis tombé dans une sorte de syncope. Je me suis retrouvé, sans d'abord comprendre ce qui m'arrivait, dans un coma léger, hospitalisé en urgence dans un service de réanimation de l'Hôpital américain de Zurich, je ne pouvais pas ouvrir les yeux, je n'avais plus le réflexe de la mastication ni de la déglutition, de toute façon j'étais percé de tous côtés, par le nez, au fond de la gorge et dans le ventre, de tuyaux qui m'alimentaient artificiellement. J'avais des perfusions aux deux bras, et des électrodes au bout de chaque terminaison nerveuse. Je ne savais plus qui j'étais mais je percevais les bruits et les voix autour de moi, et il me semblait que j'aurais pu participer aux conversations si ces tuyaux ne m'avaient pas entravé la gorge, je pouvais juste grogner et je ne m'en privais pas, ça me donnait l'assurance que j'étais encore en vie. Jayne et mon père ont fait connaissance de chaque côté de mon corps inerte, rétamé par le coma, ils ne s'étaient jamais vus. J'ai cru comprendre, en suivant le sens du moindre de leurs chuchotements, que quelque chose de très fort s'était établi entre eux, dans ce service de réanimation, avec moi au milieu qui en étais le prétexte. Je n'irais pas jusqu'à dire qu'ils m'ont traité de minable en pensant que je ne pouvais pas les entendre. Au contraire ils continuaient à me manifester une tendresse extraordinaire, mon père en me pressant la main, Jayne en baisant ce que les tuyaux lui laissaient comme lèvres. Mais j'ai compris après coup que quelque chose s'était noué entre eux. Une fois que j'ai été à moitié rétabli, Jayne me disait : « Ton père est un très bel homme », et elle changeait hâtivement de conversation. Il n'était pas un homme heureux, en tout cas, ma mère ne quittait jamais la maison et passait ses journées à pleurer, maudissant le ciel de lui envoyer tant de malédiction. La pauvre, elle n'avait pas enduré le dixième de ce que son « ciel » lui réservait. Mon père était très soucieux, il avait déjà ses soupçons au sujet de son associé. Il me dit : « Je n'ai pas reçu à proprement parler de menaces de mort, mais je sens comme quelque chose de confus que Stequel aurait tout intérêt à me faire liquider. Et ce n'est pas le genre à s'embarrasser de problèmes moraux. Que vaut la vie d'un homme, après tout, comparée à son argent ? » Mon père se sentait à cette époque très près de la mort, alors qu'il en était encore très loin. Mais Stequel a peut-être justement mis dix ans à exécuter son projet, pour qu'aucun soupçon ne pèse sur lui.

Pendant mon coma, on m'avait fait un scanner cérébral, qui n'avait rien révélé d'anormal. Mais un neurologue décréta que ce mode d'investigation donnait des résultats imprécis au niveau du cerveau. Il fallait presque que le sujet soit à l'article de la mort pour qu'on décèle quelque chose sur le cliché. Il prétendait que tous les accidents un peu subtils du cerveau échappaient totalement à la lecture du scanner. Mais on expérimentait aux États-Unis une nouvelle machine hypersensible, l'IRM, dont on testait déjà un prototype, à Washington, sur des patients qui avaient des problèmes cérébraux que le scanner n'avait pu expliquer. Avec cette machine, disait-il, toutes les petites aventures secrètes du cerveau sont découpées en tranches. On était en 1983. Ce professeur m'engagea vivement à faire le voyage pour Washington, et à lui rapporter les clichés, il devait aussi avoir un intérêt personnel dans cette affaire. La mémoire me revenait très très lentement et, dans l'état où j'étais, ne pouvant parfois plus faire un pas alors qu'il fallait continuer à marcher car de petites saillies de paralysie épisodique laissaient craindre qu'elle ne devienne définitive, il n'était pas question que j'aille seul à Washington. Jayne rechignait à m'accompagner.

— Pourquoi ne demandes-tu pas à ta sœur de t'accompagner ? Elle s'ennuie tellement dans sa grande maison à Lausanne au bord du lac. En plus je suis déjà sûre que ce nouvel examen ne donnera rien de plus que le précédent. Tu as dû être choqué par quelque chose que tu as vu en Afrique, il faudrait que tu trouves toi-même ce que ça peut être, tu es devenu d'un jour à l'autre si fermé sur toi-même. Ça arrive à tout le monde de recevoir des chocs, et de s'en remettre. Cette affaire ne me plaît pas du tout, indépendamment du fait que Washington est une ville lugubre et que, je l'avoue volontiers, je n'ai aucunement envie d'y aller : qu'est-ce qu'on va aller découper ton cerveau en rondelles ? C'est intime le cerveau, encore plus que le sexe. Tu ne t'es pas demandé si ça ne serait pas Stequel, par l'intermédiaire du neurologue, qui aurait monté cette histoire de prototype pour prouver que tu es fou. Tu sais bien qu'il a la main sur tout : les journaux, les hôpitaux, les universités. Si tu es fou officiellement, il t'évince à peu de frais de la succession de ton père.

Je lui lançai, pour lire sa réaction dans ses yeux :

— Tu veux rester seule à Zurich avec mon père, c'est ça !

— Tu es vraiment devenu complètement fou.

Pendant ce temps mon père me répétait chaque fois que nous nous rencontrions : « Surtout ne perds jamais Jayne, elle est précieuse. De toutes les filles avec qui je t'ai vu sortir, elle est de très loin la mieux, elle est même incomparable, qu'est-ce que tu veux de plus, elle est ravissante, drôle, cultivée, elle a de l'humour. Je comprends que Stequel ait essayé de l'attirer dans ses filets... Et en plus de tout, elle a l'air d'être amoureuse de toi, et pas trop intéressée, pourquoi tu ne l'épouserais pas ? » Finalement Jayne m'accompagna à Washington, nous n'y avons dormi qu'une seule nuit. Je n'étais pas encore habitué à ce que Jayne doive m'enfiler mon bras gauche dans la manche de ma veste, car il était encore ballant et insensible, tout comme mon pied gauche me semblait mort. Je ressentais des crampes et des fourmillements dans la jambe gauche. J'avais dû avoir une attaque dans l'hémisphère droit du cerveau, comme on le dit toujours. En tout cas je n'avais pas la moitié gauche de la verge mollassonne et la partie droite encore vaillante, le sang gonflait tous ses tissus, et je bandais comme un cerf, au moins quelque chose qui fonctionnait encore. J'avais rendez-vous à dix heures du matin au Brain Institute Foundation. On refusa à Jayne de m'accompagner jusqu'à la machine, sous prétexte qu'on ne devait pas divulguer pour l'instant son fonctionnement. En réalité c'était pour me torturer plus facilement, et me livrer à la machine sans avoir recours à un témoin. On me fit passer, presque ramper, par toutes sortes de sas, prétendument stériles, ou qui détectaient le métal qui aurait enrayé la machine, des chaussons en plastique aux pieds, ceint dans un faux peignoir qui était en fait une camisole, je débouchai enfin dans le sanctuaire. La machine respirait. Elle produisait un martèlement régulier, comme un battement déréglé de cœur géant, elle avait faim, elle allait me gober. On aurait pu croire qu'elle allait parler. C'était une sorte de pyramide blanche creusée par une galerie étroite où on allait m'enfourner comme un pain. Des manipulateurs en blouse verte, des gants translucides aux mains et des bâillons pour les protéger des microbes, me firent coucher sur un espace creusé qui épousait au centimètre près la largeur de mon corps, puis ils me scotchèrent le front et le menton, pour que je ne puisse pas bouger, et rabattirent sur mon visage comme un casque d'escrime. Alors ils me demandèrent si j'étais prêt, et ils déclenchèrent un mécanisme qui me fit glisser sur un rail jusqu'au cœur de la machine. Ils ne me dirent pas combien de temps durait l'examen, ni comment il se déroulait. Cette fois-ci je crus devenir fou à jamais. Ligoté dans cette espèce de berceau-cercueil sans rien avoir à voir que les parois de l'appareil qui frôlaient mon corps, sans air, sans perspective, je commençai à entendre les esprits frappeurs. Toc, toc. Comme si un lutin s'amusait à frapper l'extérieur de la cavité avec un marteau. Puis des bruits de plus en plus assourdissants, comme ceux d'un marteau piqueur entré dans mon oreille pour me faire éclater la tête. Je n'avais plus aucune notion du temps, je ne pouvais me rattacher à rien qu'à mon angoisse. Je relisais sans cesse, sur la paroi qui jouxtait mon visage, les chiffres d'un arc gradué. Et dans ses phases de silence, où en vain j'appelais au secours, la machine reprenait sa respiration ample, métallique, inéluctable. Quand on vint me sortir de mon cercueil, on me demanda si je voulais rencontrer l'inventeur de la machine, il venait me dit-on à chaque examen pour discuter avec les patients qui l'avaient subi et chercher avec eux par quelles astuces psychologiques on pouvait réduire l'angoisse qu'il provoquait. Je dis au petit homme chauve en blouse blanche, le crâne rasé, d'épaisses bésicles rondes :

— Avec votre machine, vous cherchez dans le cerveau les traces des fêlures, éventuellement la folie, mais c'est vous qui allez rendre fous les gens. Avec votre machine, vous auriez pu travailler avec les nazis.

Le savant devint cramoisi, mais il réussit à se contenir :

— Vous voyez, dit-il, la machine, par résonance magnétique nucléaire, j'hésite à enlever le mot nucléaire pour ne pas effrayer les gens, ce sont des rayons tout à fait inoffensifs, a relevé en vidéo, que je suivais sur un écran, chaque zone de votre cerveau, tranche par tranche, et je prenais des Polaroïd des zones intéressantes.

— Et alors ?

— Je ne peux rien vous dire pour l'instant, je transmettrai mon compte rendu avec tous les clichés à votre neurologue zurichois.

L'imagerie par résonance magnétique nucléaire, comme Jayne l'avait prédit, n'avait rien donné de plus que le scanner. Il n'y avait aucune lésion dans la matière grise, on repérait simplement dans la matière blanche, me dit le neurologue, des espèces de constellations, de lunules, de tout petits points blancs, mais pour l'instant on n'avait aucun moyen de les interpréter, cette nouvelle machine était tellement sensible qu'elle était en avance sur son temps.

À cette époque il y eut en Suisse un scandale dont ma sœur fut l'héroïne, sinon la victime. Comme il se devait, Annette avait épousé un milliardaire, celui qu'on appelle le roi du chocolat. Ils vivent ensemble dans un luxueux chalet près de Lausanne, au-dessus d'un lac qui fait partie de leur propriété. Un soir ma sœur sort nue de chez elle, prend la Jaguar de son mari, qui n'est pas encore rentré du bureau avec son chauffeur, et roule en direction de Genève. Elle gare la voiture dans le centre-ville, où elle se met à déambuler, toujours nue des pieds à la tête, jusqu'à ce qu'une patrouille de police la ramasse, l'emmène au poste, et lui fasse une prise de sang, qui révéla des taux élevés de cocaïne et d'amphétamines. Cette nouille ne savait même pas qu'elle était droguée à mort, et déjà accrochée, on dut l'interner dans une clinique pour une cure de désintoxication.

Voilà ce qui s'était passé : depuis son mariage, dix ans plus tôt, ma sœur avait à son service un couple de vieux domestiques qui s'occupait déjà de l'entretien de ce chalet du temps de ses anciens propriétaires. Ma sœur se mit à prendre en grippe ces braves gens. Elle avait un amant, ce qui en soi n'a rien d'étonnant quand on voit le roi du chocolat, mais Annette, qui devait s'en sentir coupable, fit une véritable fixation sur ce couple de domestiques : ils avaient dû soupçonner sa liaison avec le jardinier et rapportaient tout au mari, ils écoutaient aux portes, fouillaient dans ses affaires, mettaient leur œil dans le trou de la serrure lors de ses entrevues avec le jardinier. Ma sœur, sans en parler d'abord à son mari, consulta régulièrement les petites annonces de la *Gazette des parvenus* jusqu'au jour où elle tomba sur cette annonce, qui la séduisit immédiatement : un couple originaire de Nice, ayant à peu près trente ans, parlant couramment anglais, c'est cela qui enchanta le plus ma sœur, proposait ses services sur la région de Lausanne. Elle réussit à convaincre son mari de se débarrasser du vieux couple, qui n'était même pas au courant de sa liaison avec le jardinier. Elle dit au roi du chocolat : « Tu te rends compte : parlant couramment anglais ! Ça veut dire même mieux que nous. C'est autre chose que ces péquenots. Ça sera du meilleur effet pour nos week-ends culturels. » Le couple niçois s'installa dans la maison, et en prit progressivement les rênes. Ils avaient un étrange ascendant sur ma sœur. Ils lui firent licencier son jardinier, ce qu'elle exécuta avec indifférence alors qu'un mois plus tôt elle croyait en être folle. Quand la police perquisitionna le chalet, le couple niçois avait pris la poudre d'escampette, n'ayant pas eu le temps de remballer les doses d'Ecstasy cachées dans les sachets de saccharine avec lesquels ils droguaient leur maîtresse, lui faisant signer sous l'emprise de ces stupéfiants toute sorte de procurations. Annette fit la une des journaux. On aurait dit qu'on cherchait à salir notre père, on ne manquait pas de rappeler leur lien, et l'affaire du jardinier était sous-entendue dans chaque article. La Suisse est tellement bien-pensante, tellement hypocrite, moi aussi j'allais en faire les frais. C'est cette affaire qui déclencha le sanglot ininterrompu de ma mère.

Elle attira aussi l'attention sur ce chalet, sur sa position, et sur l'immense fortune de ses occupants. Peu de temps après, une fois Annette rétablie, lors d'un de ses fameux week-ends culturels, où plusieurs couples de notables remplissaient enfin les innombrables chambres vides du chalet pour discuter aux repas des problèmes de notre société, tout ce petit monde, après s'être couché, se réveilla quinze heures plus tard dépouillé de tout, de ses bijoux, de ses portefeuilles, de ses vêtements. Il ne restait plus que leurs corps couchés sur les lits. Quand ils se retrouvèrent, le cerveau engourdi, certains se mirent d'accord pour dire qu'ils avaient vu des hommes-grenouilles. Les journaux firent bien sûr leurs choux gras de ce nouveau rebondissement : les escrocs avaient injecté par une gaine d'aération un puissant soporifique, puis étaient passés par le lac, déguisés en hommes-grenouilles pour ne pas pouvoir être identifiés. Cette double histoire, que je trouvais navrante pour ma sœur, faisait mourir de rire Jayne chaque fois qu'on l'évoquait.

Il avait suffi à Jayne de dire Bora Bora pour que nous nous retrouvions à Bora Bora. Elle aurait pu dire : Bahamas, Honolulu ou Key West, nous nous serions retrouvés aux Bahamas, à Honolulu ou à Key West, dans un de ces endroits de rêve cauchemardesques. Je crois qu'elle voulait pousser le plus loin possible dans l'exotisme. J'étais son esclave, je baisais ses chevilles et faisais tout ce qu'elle souhaitait. Elle aussi, de son côté, aurait pu dire qu'elle était mon esclave, elle devait m'aider à m'habiller le matin et à me déshabiller le soir, je portais maintenant mon bras en écharpe, c'était plus commode, il n'y avait qu'à le recouvrir par la veste, qui cachait mon infirmité, m'évitant de passer ce bras mort dans la manche, ce qui était toujours problématique, et m'angoissait. Les médecins n'avaient pas voulu me dire si je récupérerais un jour l'usage de mon bras, ils avaient dit : « Peut-être. » Mais l'influx nerveux ne passait plus, et je ne pouvais même pas faire d'exercices de rééducation, pianoter du bout des doigts ou plier et déplier le bras, ou porter des haltères pour empêcher qu'il ne se décharne. Jayne devait aussi faire les frais, parfois, d'une incontinence urinaire qui, elle, avait tendance à décroître, il me semblait que je réussissais à récupérer, par des exercices de concentration, la maîtrise de ma vessie.

Je n'avais aucune envie d'aller à Bora Bora, je flairais le désastre. Le voyage a démarré sous des augures si catastrophiques que, si j'avais été superstitieux, à peine arrivé j'aurais immédiatement fait demi-tour. Vingt heures de vol, une escale d'une heure et demie à San Francisco, une Française délurée profita de ce que Jayne était allée aux toilettes pour m'aborder et me raconter en vrac les pires choses sur Tahiti, où elle retournait de son côté pour vendre des Peugeot, un travail qu'elle abhorrait, alors qu'elle voulait préparer un *one woman show* : la moiteur était tellement étouffante à Tahiti que l'humidité de l'air qui vous saisissait dès la descente d'avion collait désagréablement vos vêtements à la peau, ensuite des vahinés défraîchies vous assommaient presque pour vous mettre autour du cou des colliers de fleurs, selon la tradition, de jasmin, de gardénia, d'héliotrope, de frangipanier, aux parfums si puissants que certains touristes s'évanouissaient rapidement, les moustiques sévissaient par milliers, attaquaient sauvagement, surtout les tout petits qu'on appelait les nonos, invisibles, silencieux, mais piqueurs émérites, tous ces moustiques véhiculaient des épidémies de dingue, un virus qui vous clouait au lit, il y avait des blattes volantes qui adoraient se glisser sous votre chemise pour vous chatouiller, quoi d'autre encore, les Tahitiens détestaient les Français depuis les colonies, parce que c'étaient des gens qui n'avaient rien à faire ensemble, les Tahitiens étaient de gros types couverts de tatouages qui ne pensaient qu'à boire leur *hinano,* la bière locale, tandis que ces salauds de Français faisaient des expériences atomiques sur leur terre ancestrale, dans des puits de corail mort, les femmes jeunes étaient très jolies mais elles devenaient de grosses mamas aux seins lourds dès l'âge de vingt-cinq ans, à part tout ça c'était vraiment le Paradis ! La jeune Française entreprenante s'était assise à la place de Jayne, ce qui dut l'agacer, car je ne la revis pas dans l'avion jusqu'à l'atterrissage, je ne sais pas où elle était passée, je déambulais dans les allées sans la trouver. À l'arrivée à Papeete, elle revint s'asseoir à côté de moi et, sans autre explication, me lança :

— C'est à Bora Bora que Murnau a tourné *Tabou.* Murnau était homosexuel, il aimait les jeunes garçons, tu le savais ?

Je ne répondis pas à cette question, je n'ai jamais fait allusion devant Jayne à mes amours de jeunesse. J'ai l'impression d'avoir déjà vécu des dizaines de vies dans ma petite vie.

L'arrivée à l'aéroport de Papeete fut une torture. On voyage en première, mais ensuite on est livré à la meute. Files d'attente devant les contrôles, puis dès qu'on a franchi le guichet il faut se débattre pour ne pas être couvert de fleurs, une jeune femme me met un bouton de jasmin derrière l'oreille gauche, Jayne rectifie aussitôt : elle le met derrière l'oreille droite. « Ça voulait dire que tu es disponible. » Un groupe de scouts catholiques nous a brutalement repoussés contre le tapis roulant des bagages, où rien n'arrive, pour se mettre en cercle, alors que la foule des voyageurs, l'avion en *overbooking,* était déjà dense auparavant, et chanter des chansons idiotes en se frappant les paumes des mains en signe de fraternité. J'étais au bord du *nervous breakdown,* Jayne le vit, me dit de me calmer, et me glissa un minuscule comprimé sous la langue : « Ça va te détendre. » Dès qu'un des scouts récupérait son bagage sur le tapis, alors que nous continuions à attendre les nôtres depuis plus d'une demi-heure, manquant plusieurs fois tomber dans les pommes et fuyant les enfileuses de colliers qui ne voulaient pas me rater pour leur tableau de chasse, le scout s'asseyait sur son bagage, faisant un signe de croix et se mettait à entonner un *Alléluia*. C'en était trop pour moi. Nous devions passer une nuit au Sofitel de Papeete, c'est tout ce que nous avait trouvé Air France, avant de partir le lendemain après-midi, dans un petit avion, pour Bora Bora. En arrivant au Sofitel nous vîmes, partout exposés, à la réception où notre réservation était invisible sur l'ordinateur, sur les tables basses du salon, soigneusement pliés pour faire ressortir les gros titres de la une, et jusque dans les chambres glissés sous les portes, des exemplaires du journal local qui annonçait l'arrivée au Sofitel de Charles Pasqua, avec une délégation de quarante-sept personnes, pour discuter de l'avenir économique des Dom-Tom. Nous n'avions vraiment pas de chance, avec Jayne : à peine étions-nous arrivés à la Pointe du Bout que nous voyions des ouvriers perchés sur les façades des maisons où il était écrit : « Bienvenue aux Présidents Bush et Mitterrand ! » Les sommités se rencontraient pour se partager les dividendes de leur guerre. Et maintenant Charles Pasqua. Nous avions tellement mangé dans l'avion que nous étions écœurés, et si déphasés par le décalage que nous ne savions plus si c'était le matin ou le soir. Ici le jour se lève à six heures, et tombe brutalement douze heures plus tard. Nous n'avions pas à remettre nos montres à l'heure : il y avait exactement vingt-quatre heures de décalage entre Zurich et Papeete. Je demandai à Jayne de laisser la lumière de la salle de bains allumée. J'avais peur du noir. C'était la première nuit, depuis que j'avais rencontré Jayne, que nous dormions comme deux copains.

Quand j'entrouvris les yeux, Jayne avait ouvert les rideaux. La chambre, nous ne nous en étions pas aperçus la veille au soir, donnait sur un chantier en construction. Le jour venait juste de se lever, mais elle était déjà excitée comme une puce, pendant que je dormais encore elle avait appelé le *room service* et avait commandé le petit déjeuner, qui s'est avéré royal avec ses assiettes de fruits frais, d'ananas, de papayes, de petites bananes douces, de pamplemousses et de pastèques. Jayne dévora tout ça, en chipa sur mon assiette, et s'écria :

— Il doit y avoir quelque chose d'aphrodisiaque dans un de ces fruits !

Nous refîmes l'amour, il ne faut jamais laisser une chambre sans un peu de sperme et de plaisir évaporé. À cause de mon bras, désormais, c'était davantage Jayne qui me faisait l'amour que l'inverse. Dès que je me retirai d'elle, Jayne me dit :

— Je vais me faire tatouer, c'est l'endroit pour ça, tout le monde est tatoué ici. Nous allons aller à Papeete pour chercher une échoppe de tatoueur, j'aimerais que ce soit un beau gaillard qui me fasse ça.

Par hasard j'aperçus au loin un ouvrier du chantier, une barrique, qui s'était planté derrière un hangar de tôle et agitait son machin en regardant dans notre direction. Je le montrai à Jayne, qui éclata de rire :

— Tu crois qu'il nous a vus en train de baiser ?

Après avoir traversé le marché couvert de Papeete, où des vieillards vendent des touffes de vanille liées par des tiges de feuilles entortillées, des flacons de sirop de gingembre, des pelures de cannelle, des chapeaux de paille, des épices, des bananes rouges, des têtes d'espadon décapitées sous l'ouïe, des patates douces, tout cela par deux ou trois exemplaires disposés avec préciosité, nous étions avec Jayne dans la ruelle dite malfamée, derrière le port, des boutiques de tatouage. Elles avaient levé leurs rideaux de fer, et certaines échoppes étaient déjà occupées, aussi banales que des boutiques de coiffeur ou des cabinets de pédicure, derrière les rideaux gondolés mal fermés on entendait le crépitement électrique du stylet qui s'attaquait à la chair. Sur les devantures on voyait des tigres, des pieuvres, des cœurs percés de poignards, des jaguars, des aigles, des croix gammées, des têtes de pirates aux yeux bandés, des cartons avec des injures suggestives, comme *Fuck off* ou *Son of a bitch!* Sur les photos exposées on voyait également qu'on pouvait se faire tatouer à l'intérieur de la lèvre, et même sur le gland de la verge. Jayne n'arrivait pas à se décider, ni pour la boutique, car en général elle choisissait celles qui étaient déjà occupées, il y avait parfois des attentes de plusieurs heures, et l'attente est la phobie de Jayne, ni quel tatouage choisir, ni à quel emplacement le faire graver.

— Je ne veux pas d'un tatouage banal que n'importe qui pourrait avoir. Je veux être la seule au monde à porter ce tatouage, et je veux qu'il te soit dédié. Pourquoi pas juste ton prénom, entre mes deux seins ?

— Tu ne préférerais pas un tatouage de malabar qui s'efface à l'eau quand on en a marre ?

— Tu n'es pas forcé de m'accompagner, tu peux partir, on se retrouve à l'hôtel pour le déjeuner.

Jayne tergiversait tellement que j'ai cru qu'elle allait renoncer à cette histoire, ce qui, je ne sais pas pourquoi, m'aurait soulagé. Nous allions et venions dans la rue des boutiques de tatouage où certains tatoueurs inoccupés, tous plus effrayants les uns que les autres, tatoués des pieds à la tête, essayaient de nous attirer en nous montrant leurs publicités ou en nous tirant par la manche. Je chuchotai à Jayne :

— Toi qui voulais un joli garçon, c'est réussi, tu vas avoir un homme de Cro-Magnon !

— Absolument pas, répondit Jayne, ce sera en effet un joli garçon, ou plutôt un très bel homme qui me fera mon tatouage, j'ai une idée derrière la tête.

Le temps passait, la chaleur montait dans la ruelle, et Jayne ne se décidait toujours pas.

— Revenons à notre retour ici, tu auras tout le temps à Bora Bora de réfléchir au tatouage que tu veux.

— Ça y est, j'ai trouvé, s'écria Jayne, je veux une petite tête de mort, entre les fesses, ou sur le pubis.

— C'est moi ou la tête de mort, dis-je à Jayne.

— Alors c'est toi, et elle entra dans la première boutique venue.

Le tatoueur était un de ces monstres qui nous avaient agrippés quelques minutes plus tôt, et que nous avions repoussés.

— Sors ton pistolet, me dit Jayne devant cet homme.

— Pour quoi faire ?

— Comme ça monsieur aura un modèle, d'après nature, c'est plus vivant qu'une vignette toute faite.

Le tatoueur demanda :

— Mademoiselle voudra une anesthésie locale ? Sinon c'est assez douloureux, il vous faudra serrer les dents, ou que votre monsieur vous pince fort pour vous faire penser à autre chose.

— Pas d'anesthésie, répondit Jayne, parfois j'aime bien avoir mal. Vous allez faire le contour du pistolet, sur mon épaule, parce que mon mari n'est pas dessinateur, mais ensuite c'est lui qui tiendra le stylet pour le remplir d'encre, je préférerais du bleu, et c'est vous qui me pincerez pour me faire oublier la douleur ! dit-elle en riant.

Quand nous sortîmes de la boutique, Jayne avait un énorme pansement sous la bretelle de sa robe, qui dissimulait un horrible dessin maladroit de bande dessinée. Elle avait pleuré, mais elle était heureuse. Je n'avais eu aucun plaisir à lui faire mal.

Nous avons pris dans l'après-midi le petit avion pour Bora Bora. Il faisait déjà nuit, nous n'avons rien vu de ces îles magiques qui encerclent Tahiti, Moorea, Tetiaroa, Raiateo ou Maupiti. Nous habitons un bungalow construit sur pilotis dans le lagon, tout au bout d'une allée d'une cinquantaine de bungalows, sans autre vis-à-vis que le lagon dans lequel on peut se baigner en descendant quelques marches, et sans voisins apparents. Il y a, au milieu de la chambre à coucher, un petit coffret transparent, comme un sarcophage vert turquoise, qui donne sur un banc de corail éclairé sous l'eau, et infesté de poissons attirés par la lumière. Jayne s'allonge nue sur le verre, tantôt sur le dos tantôt sur le ventre, et je viens la recouvrir. Nous faisons l'amour au-dessus des minuscules poissons bleu fluo qui restent dans les profondeurs, des poissons jaunes striés de noir qui vont par deux et tournent sur eux-mêmes comme des danseurs ou des accessoires de prestidigitation pour s'éclipser, des bancs livides de poissons albinos, de murènes aux gueules de chien, de longs poissons gris à queue jaune, les plus courants, des poissons à quatre ouïes, des poissons-trompettes, des aiguillettes, des poissons-tapirs aux longs nez roses effilés, des poissons-stylets placides entre deux eaux et sournois comme des sous-marins tapis prêts à l'attaque, des poissons-bananes, des poissons renflés mouchetés de vert ou de jaune avec une gueule épatée et des moignons vibratoires à la place de nageoires, l'un dans l'autre nous regardons tous ces poissons virevolter et nous ne savons plus si nous ne sommes pas nous-mêmes des poissons, ou des dieux, si nous sommes sous l'eau ou au-dessus, nos yeux vacillent et ne voient plus rien qu'un vague ballet étoilé. Quand je suis dans Jayne, j'oublie mon bras, ou plutôt je ne pense qu'à lui, ébahi, il redevient vivant, il me chauffe, il fourmille de vie, il bande. L'autre après-midi nous rebaisions sur le coffret de verre, j'allais jouir, je ne voyais plus les poissons et Jayne avait fermé les yeux, quand je me suis aperçu qu'un petit garçon avec un masque et un tuba, des palmes, prenait des clichés de nous avec un gros appareil jaune qu'il tenait à bout de bras comme un flotteur et avait retourné dans notre direction ses deux yeux ronds de verre. Je le laissai filer, le petit voyeur, sans éveiller Jayne de son rêve.

— Je trouve qu'il y a trop de poissons ici, dit Jayne. Ils ont beau être splendides, ça me semble une concentration anormale, inquiétante. Et pourquoi ils disent dans tous les guides, sans donner trop d'explications, qu'on ne doit pas s'exposer au soleil de Bora, et qu'il ne faut pas non plus y rester trop longtemps, sous peine de voir baisser ses globules rouges ? C'est peut-être l'atoll, tu ne crois pas ?

— Non, répondis-je.

Nous ne baisons plus avec nos poissons, nous avons dû changer de bungalow, et d'hôtel, Charles Pasqua, qui nous poursuit, l'avait entièrement réservé pour lui et ses quarante-sept élus régionaux. Nous habitons sur une autre anse de l'île, dans un bungalow à même la plage de sable et de madrépores si blancs et si propres qu'on a dû les apporter par camion, à quelques mètres de la route départementale où foncent les trucks et les voitures. Bungalow 51 de l'Hôtel Bora Bora. Nous vivons toute la journée sur la terrasse en lattes de bois gris un peu râpeuses sous les pieds, couchés sur des transats en lanières de plastique, Jayne lit Strindberg en écoutant les Cocteau Twins, plus aucun moyen de communiquer avec elle. Je rêvasse en fixant la ligne d'horizon et en tâchant de me rappeler les éléments de notre voyage en Afrique. Hier, au bazar de Vaitape, j'ai acheté un cahier de marque Le Conquérant et un stylo noir Ball Pentel (c'est la rentrée des classes) pour essayer d'y noter ce qui me reviendra, mais pour l'instant c'est le noir complet. Je me dis, et bien sûr c'est une idiotie, que mon bras refonctionnera quand le récit du voyage en Afrique n'aura plus aucune trace d'ombre. Soudain Jayne retire ses écouteurs, pose son livre et dit :

— C'est vraiment infernal, avec ce Strindberg, c'est comme une spirale qui vous noie très lentement, il est fou à lier bien entendu — paranoïa, délire de la persécution..., mais on ne sait jamais au moment où il écrit s'il est hors folie, s'il relate un épisode de folie dont il s'est dépris et dont il se moquerait presque maintenant, ou s'il est en plein dans la folie, et si son livre, par son édification insensée, participe en premier lieu de cette folie. C'est à perdre soi-même les pédales.

Je n'avais pas remarqué à cette époque que Jayne ne pouvait pas lire Strindberg, puisque l'édition de son livre, comme je m'en suis rendu compte en le secouant pour y trouver une fiche ou quelque trace, n'était pas coupée, elle pouvait juste laisser le livre ouvert aux pages qui séparaient les cahiers, et relever sans cesse les mêmes passages, ou penser à autre chose, le silence de son walkman dans les oreilles. Je lui répondis :

— Tu devrais ajouter Jean-Jacques Rousseau à ta liste, il est encore plus timbré que tes trois gus réunis.

— Tu dis ça parce que c'est un compatriote à toi ?

Je m'ennuyais à mort, je dis à Jayne :

— Après Tahiti, nous irons en Terre de Feu, pour voir passer les baleines.

— D'accord, mais, avant, la Martinique.

— Pourquoi la Martinique ?

— C'est sur le chemin, et puis au moins il paraît qu'on bouffe bien là-bas, ici la nourriture est vraiment immonde.

À Bora Bora Jayne était une tout autre personne. Elle n'avait qu'une chose en tête : participer à toutes les activités et excursions possibles et imaginables : le cours de tressage de fleurs pour faire les colliers, l'atelier « Comment nouer son paréo », le repas des requins, la promenade sur la barrière de corail, la pêche à six heures du matin en Boston Whaler, le goûter collectif à seize heures, le tour de l'île en bus avec un tourist-guide, la messe au village le dimanche, la contemplation du coucher du soleil en catamaran avec des touristes qui mitraillaient. Quand il n'y avait plus rien à faire, elle allait papoter sur la plage, sous un parasol, avec une de ces Américaines absurdes au nez refait, les cheveux décolorés, liftées à mort, et mélancoliques. Je ne supportais plus ces accents américains qui fusaient de partout. Je grognais comme un ours ronchonneur, Jayne m'appelait Winnie l'ourson. Mais je n'avais pas à me plaindre : même travestie en petite bourgeoise popote d'un Club Med, elle faisait si bien l'amour.

Le temps ne passe plus. Il est coincé dans le goulet de ce lagon fermé en cercle sur lui-même, avec juste le créneau étroit de la passe qui permet le ravitaillement et le convoyage des touristes depuis l'aéroport. Je voudrais être à Zurich, mais mon appartement est toujours en travaux. J'ai reçu un fax de mon père qui me demandait d'arrêter momentanément de tirer de l'argent sur son compte avec mes cartes de crédit, ça n'a pas dû spécialement faire bon effet à la réception de l'hôtel, je m'en fiche, j'ai encore tellement d'argent liquide sur moi, je n'arrive même pas à dépenser les 10 000 dollars que m'envoie chaque mois par mandat mon homme d'affaires. Le tatouage de Jayne ne s'est pas infecté, comme je l'avais imaginé, le tatoueur nous avait expliqué qu'il mélangeait à l'encre des sèves antiseptiques, elle a retiré son pansement, finalement je l'aime bien ce petit pistolet de comic strip, et, quand je prends Jayne par-derrière, il me plaît de lui baisoter doucement l'épaule à cet endroit. Pendant ce temps le balayeur de feuilles mortes, qui a mis sur sa tête et ses épaules un tee-shirt jaune qui le fait ressembler, torse nu avec sa peau brune, aux hommes-léopards de *Tintin au Congo,* rôde autour du bungalow, faisant entendre ce raclement sans fin, obsédant, des pics de fer dans les feuilles mortes inépuisables.

D'après mon agenda, que j'emporte toujours avec moi, et qui m'a été plus d'une fois d'un grand secours pour éclairer des zones d'ombre, car j'y note toujours le maximum de choses et à Zurich tous mes rendez-vous sans exception, nous sommes arrivés en Afrique le samedi 16 mars.

Tout le monde nous avait déconseillé de partir pour le Mali. Il y avait des rumeurs d'insurrection. Le général Traoré n'avait pas encore été renversé, et s'accrochait désespérément à son pouvoir, faisant massacrer des rebelles touaregs dans le désert. Le ministre de la Jeunesse et du Désespoir fit tirer dans la foule d'un campus universitaire en révolte : quarante étudiants furent tués. Quelques jours plus tard, d'autres étudiants parvenaient à bloquer dans une manifestation la voiture du ministre de la Jeunesse et du Désespoir, l'en faisaient sortir de force, l'arrosaient de benzène, et le brûlaient vivant au lance-flammes. Ce mode d'assassinat devint une mode à Bamako : le ministre des Télécommunications, qui était un innocent, y passa aussi, car il était ministre. On démolissait les constructions en cours entreprises par le gouvernement : les chantiers étaient désaffectés, noircis par les incendies. C'est dans ce climat de révolution que nous atterrîmes à Bamako, Jayne et moi. Nos bagages étaient égarés, nous les attendîmes pendant une heure dans une confusion et un brouhaha insensés, accrus par les hurlements de Jayne : « Et mes tee-shirts Simpson ! Et mon Shalimar ! Et mon Strindberg ! Et mes notes pour ma thèse ! Et mes cotons-tiges ! Et mon vernis à ongles ! Et mes compacts des Cocteau Twins ! Tu rigoles comme un imbécile, mais où crois-tu que je vais pouvoir retrouver ça à Bamako ? » Une compatissante hôtesse du Sofitel, rebaptisé Hôtel de l'Amitié, nous conseilla de prendre sur-le-champ la navette pour l'hôtel, puisque le trafic des taxis à l'usage des touristes était suspendu, et qu'elle ferait son possible pour nous faire livrer nos bagages. La traversée du pont de Bamako à cette heure du crépuscule fut inoubliable, dans un grand nuage de poussière rose filaient de tous côtés les pousse-pousse, les vélos, les chapeaux chinois pointus et à clochettes. Mais Jayne ne regardait rien : elle était ulcérée par la perte de son bagage. Il l'attendait quand nous débarquâmes à l'hôtel. Imprudent, je commandai du champagne dans un seau à glace. Un jeune Noir très agressif, parce que nous avions commandé du champagne, nous désigna une chambre dès la sortie de l'ascenseur, me jeta pratiquement la clef au visage et fit un gros clin d'œil à Jayne en découvrant son sourire blanc. La chambre n'avait pas été refaite depuis que ses occupants l'avaient quittée, apparemment hâtivement, pour une passe vite fait bien fait : un seul des lits était ouvert mais deux verres d'une demi-bouteille de mâcon étaient entamés et posés sur la télévision allumée, la porte-fenêtre qui donnait sur un minuscule balcon était ouverte, l'air conditionné fonctionnait, et dans la salle de bains deux serviettes et un savon avaient été utilisés. L'avaient-ils fait exprès, comme une brimade, à la réception ? Nous changeâmes de chambre, et un garçon plus aimable que le précédent vint nous apporter la bouteille de faux Moët-et-Chandon, fabriqué à Hong Kong, que les Chinois avaient écoulé par le tiers-monde. Le lendemain nous louâmes un quatre-quatre au comptoir Avis de l'hôtel, qui n'avait pas encore été rebaptisé location de l'Espoir, et, après avoir

85

examiné la carte routière du Mali, nous décidâmes de faire une première halte à Ségou, à deux cent cinquante kilomètres de Bamako.

Jayne veut que nous achetions un singe au marché de Vaitape. Ici on éduque des singes pour guider les aveugles, avec des laisses et des corselets, comme on le fait en Europe avec des chiens. Jayne prétend qu'on pourrait dresser un de ces petits singes pour m'aider à mettre ma manche ou à l'enlever. Je lui demande :
— Tu as l'intention de m'abandonner ? Ou bien tu n'as aucun espoir au sujet de mon bras ?

Deux cent cinquante kilomètres de brousse, de buissons grillés par le soleil, entre Bamako et Ségou. Pas un arbre, pas une maison ni même un baraquement, pas un animal, pas une ombre. Il fait cinquante degrés, c'est Jayne qui conduit, sur deux cent cinquante kilomètres nous n'avons croisé ni dépassé aucune autre voiture, le paysage semble figé par la chaleur, ou par la révolution qui se fomente dans la capitale. Nous nous sommes arrêtés dans un village à mi-chemin de Bamako et de Ségou, on a demandé où on pourrait boire une bière, on nous a fait entrer dans une casemate qui semblait très obscure après le plein soleil aveuglant de la route. On nous a servi une bière chaude de marque Castel, j'ai réclamé de la glace. Pas de glace. J'ai tendu un gros billet pour qu'ils aillent nous trouver une bière glacée, un garçon est parti en courant avec le billet à la main. J'avais envie de pisser, le tenancier m'a emmené dans une pièce vide, tout en ciment, avec juste un trou au milieu, un trou qui pue la merde. Dans la pièce sombre et presque fraîche où nous avons bu la bière glacée était assis, quasiment allongé, tapi tout au fond d'un coin d'ombre, un petit garçon décharné, immobile et silencieux, qui me fixait avec ses trop grands yeux creusés dans le visage. Sans que Jayne le voie, j'ai pris dans ma poche mon premier Tranxène et je l'ai fait passer dans une gorgée de bière, je sentais que j'en avais besoin, vraiment besoin. En sortant de la casemate j'ai chuchoté au père : « Qu'est-ce qu'il a ? » Il a répondu : « Le sida. »

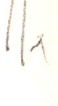

La première semaine à Bora Bora fut idyllique, malgré l'ennui et cette espèce d'étranglement du temps. Tout était beau, et faux, d'une beauté dont nous ne pouvions saisir l'artificialité. Ce lagon bleu turquoise, strié d'ondulations aveuglantes, où il n'y avait qu'un pas à faire pour se plonger dans cette eau délicieuse, sous les cocotiers. Avec Jayne, quand elle ne me laissait pas seul pour une de ses stupides activités « culturelles », nous faisions l'amour du matin au soir, salés au sortir de l'eau, avant et après la douche, les repas, au réveil, au coucher, nous n'arrêtions plus. Dieu sait que j'ai toujours détesté cette expression « faire l'amour », et que je me suis bien gardé, depuis que j'ai quinze ans, d'en user, mais Jayne m'a appris son sens, elle est si douce, si dévouée, si empressée, évidemment obscène, mais jamais banale, jamais vulgaire, belle et humaine jusque dans l'inconscience, avec une délicatesse qui me bouleverse, à inventer mille façons de me faire plaisir, des plaisirs dont je n'aurais même pas imaginé la possibilité ou le dessin, elle me prodigue tellement d'amour à chaque fois que je ne peux plus qu'employer cette expression, oui Jayne et moi c'est bien l'amour que nous faisons ensemble.

En arrivant à Ségou, nous fûmes saisis par la puanteur des carpes qu'on faisait sécher au soleil, sur des kilomètres, le long du fleuve Niger. On chercha un hôtel, il n'y en avait qu'un, l'Auberge, tenu par deux frères libanais, qui en étaient les gérants, et qui maltraitaient visiblement le personnel africain. Sur la terrasse était suspendu un panonceau avec le prix des chambres. Il y avait des chambres à « air naturel », ce qui voulait dire avec ventilateur, et, plus chères, les chambres à « air artificiel », ce qui voulait dire conditionné. Nous prîmes une chambre dépendante de l'hôtel, mais de l'autre côté de la route, avec air artificiel. Le Libanais, qui nous baratinait, se mit à entreprendre Jayne comme si j'étais invisible, il lui dit : « Tu peux venir quand tu veux dans ma chambre, c'est le meilleur air conditionné de tout l'hôtel, et j'ai d'excellentes vidéos. » Je mis la main dans ma poche pour prendre le pistolet. J'hésitai entre deux attitudes : ou lui foutre mon poing dans la gueule, ou me mettre à astiquer soigneusement le pistolet avec mon mouchoir, en sifflotant sous son nez. Ça commençait bien. Tandis que finalement je bichonnais mon arme, le Libanais, prenant enfin en considération mon existence, me proposa de lui revendre mon quatre-quatre quand nous quitterions le Mali, pour le décevoir je lui dis qu'il était déjà vendu.

La femme de la réception, Mamadou, est adorable. Nous lui avons dit que nous cherchions une maison à louer, elle nous a dit que le propriétaire de l'hôtel, qui avait fui à l'étranger à cause de la révolution, possédait aussi un vieux palais mauresque, le long du fleuve Niger, qu'il avait transformé en boîte de nuit avec des néons roses, et qui était maintenant barricadé, elle en possédait les clefs, et nous proposait de nous installer là-bas. Sa sœur, Mamm, nous ferait la cuisine, et elle avait deux jeunes cousins, Bouba et Kola, qui pourraient nous servir de boys. Le jour même Mamadou nous faisait visiter le palais, nous déconseillant d'habiter la salle du rez-de-chaussée, qui avait été le dancing, dont les volets défaits et les moustiquaires arrachées donnaient sur un marché aux poulets limitrophe de l'alignement infini des carpes pourrissantes, une grande salle soutenue par des pylônes maintenant infestée de rats, parce que c'était aussi au rez-de-chaussée que se trouvaient les tinettes. Les rats ne montaient pas à l'étage, où l'on accédait par un mince escalier de fer, dont certaines marches manquaient. Le premier étage se composait de plusieurs pièces en enfilade, peintes dans un bleu clair écaillé, qui donnaient d'un côté sur une passerelle qui surplombait la cour et de l'autre sur une immense terrasse où un arbre centenaire n'en finissait pas de perdre ses feuilles. J'ai oublié les noms de tous les arbres, de tous les animaux et de toutes les fleurs que j'ai pu voir en Afrique. Nous avions une moustiquaire dans nos bagages, nous dormirions sans doute dehors sur la terrasse, pour la fraîcheur, délaissant les pièces surchauffées comme des fours pendant la journée malgré les tissus que nous tendions devant les fenêtres. Nous irions chercher un matelas au marché. Il y avait l'emplacement d'une cuisine, qui devint immédiatement le domaine de Jayne, et une petite salle de bains au bout de la passerelle, où une douche, à certaines heures imprévues de la journée, laissait couler un mince filet d'eau tiède, riche en microbes. L'eau était coupée dans le village, ainsi que l'électricité, ce qui faisait monter les pains de glace, pratiquement introuvables, au marché noir. Nous avions garé le quatre-quatre dans la cour. Bouba et Kola étaient déjà au rendez-vous, poussant la grande grille de tôle grise avec sa chaîne et son cadenas quand nous partions pour le marché et la rouvrant dès que nous klaxonnions. Il restait sur la terrasse, avec des lanières de plastique, des tabourets de bar et des tables basses qui avaient appartenu au dancing. Le tube fluo rose ne marchait pas à cause des coupures tournantes d'électricité. Bouba et Kola allumèrent des lampes-tempête qu'ils suspendirent dans l'arbre, malgré cela on ne vit pas grand-chose du ragoût noirâtre, délicieusement épicé, qu'avait apporté Mamm dans une marmite, et qu'elle appelait le riz sauce. Bouba et Kola partirent se coucher pour être à l'heure à l'école le lendemain matin. Mamm s'était assise sur la rambarde qui surplombait le fleuve et agitait ses pieds nus d'un mouvement régulier en chantonnant. Finalement je retrouve beaucoup de choses de l'Afrique en les écrivant, comme en les revisionnant, alors qu'une bande vidéo qu'on m'a montrée après que j'eus perdu la mémoire n'avait fait qu'accroître mon amnésie. Nous accrochâmes notre moustiquaire sous le grand arbre en la bordant sous le matelas. Je serrai Jayne dans mes bras, et la pénétrai jusqu'à l'aube. Le jour se levait à cinq heures dans un fracas de pépiements d'oiseaux, dans une fraîcheur de l'air qu'il fallait saisir au bond. Nous eûmes un sommeil très bref. Jayne m'éveilla en me disant qu'elle pensait être enceinte.

La première semaine de rêve à Bora Bora vira au cauchemar dès la seconde. Ces malheurs se déchaînèrent sur nous, dans un crescendo qui semblait avoir été organisé par des puissances malfaisantes. Cela commença par une chose toute bête. Il faisait encore un temps splendide. Jayne voulut faire un tour en pirogue, je m'assis à l'avant sans prendre garde que mes genoux étaient exposés au soleil, Jayne voulait taquiner les raies monstres, immenses et noires, avec leur queue mince finissant par un dard, mais nous n'en vîmes aucune ce jour-là. À notre retour je m'aperçus que mes genoux étaient complètement brûlés. Même les mains de Jayne qui se posaient doucement sur eux pour les tartiner avec du Monoï étaient une torture. Un banal coup de soleil, mais qui m'empêcha de dormir pendant deux nuits, et l'absence de sommeil me mettait les nerfs à vif.

Alors je m'aperçus que le service de blanchisserie lacérait mon linge, me le rendait troué, disloqué, en lambeaux, spécialement ces caleçons de coton blanc tout simples, avec un ou deux boutons à la braguette, que j'avais toujours tant de mal à trouver, que ce soit à Rome, à Paris ou à Londres. Ma tête, quand j'ouvrais le paquet du Laundry service, faisait rire Jayne, je n'en étais pas moins furieux.

Je voulus faire une sieste dans un hamac fixé au

bord de la plage à deux cocotiers. Je fus bientôt réveillé par un fracas qui se cassa en deux sur ma tête et m'estourbit sur-le-champ : une noix de coco.

Je faillis me faire ébouillanter par la machine à faire du café en ouvrant le clapet pour vérifier que l'eau, qui me sauta au visage, était bien en train de bouillir.

Et toujours le ramasseur de feuilles mortes, avec son heaume jaune d'homme-léopard, continuait à rôder pendant des heures autour du bungalow, faisant entendre ce raclement interminable, ce bruissement et ce frôlement perpétuels, est-ce qu'il matait Jayne qui se promenait à poil dans le bungalow, malgré les rideaux dont les jointures comme par hasard ne s'associaient pas, ou cherchait-il à nous voler quelque chose ? Mes malheurs et mes obsessions avaient au moins le mérite d'amuser énormément Jayne, elle disait en riant :

— Une petite noix de coco n'a jamais tué personne, sauf peut-être un bébé imprudemment laissé dans son couffin sous un cocotier. C'est du Strindberg ce que tu nous racontes là, un vrai délire de la persécution. Tout le monde s'en prend à toi : le soleil, les blanchisseuses, les cocotiers et les balayeurs, bientôt ça va être moi qui vais en vouloir à ton argent ou à je ne sais quoi, je t'en supplie, ressaisis-toi !

Mais le ciel vira au gris sombre, des déluges répétés s'abattirent, noyant dans une purée de pois la ligne circulaire de corail qui balisait l'île, il pleuvait dans certaines parties du bungalow, tout était trempé, nos chaussures, nos livres, les serpillières, et Jayne commençait à craquer aussi, elle répétait : « Ils m'avaient juré à l'agence de voyages que la saison des pluies ne démarrait pas avant l'automne mais visiblement elle est bel et bien entamée ! »

Parce qu'il n'y avait rien à faire, surtout le soir après le dîner, car nous quittions la table avant vingt heures, Jayne se mit à boire, se concoctant des gin-fizz jusqu'à des heures indues, s'écroulant alors dans l'inconscience sans même percevoir ma présence, je l'avais mauvaise. Une horde d'immenses oiseaux noirs, qui n'étaient ni des corbeaux ni des frégates et dont aucun Tahitien n'était prêt à nous donner le nom, s'étaient mis à hanter, dans des tournoiements dont on ne percevait que des mouvements d'ailes, les branches les plus hautes des cocotiers, faisant entendre toute la nuit des croassements vraiment lugubres.

Il y avait devant chaque bungalow une petite construction faite d'une paillote montée sur quatre pylônes, à l'air libre, au milieu de laquelle était planté un gros meuble en bois, surmonté d'une plante, et divisé en deux. Sur la pancarte de gauche on pouvait lire « *Fire Pump* », car une allumette pouvait réduire un bungalow en cendres en quelques minutes, et sur la pancarte de droite : « *Ice.* » Jayne, pour ses gin-fizz, faisait des aller et retour en courant, de plus en plus soûle, de notre bungalow à ce réservoir de glace. Une nuit que j'étais déjà à moitié endormi, je l'entendis hurler à l'extérieur, puis rentrer dans le bungalow en serrant contre elle son seau à glace comme un bébé, échevelée, bafouillante, les yeux exorbités, ne pouvant plus prononcer une parole, jusqu'à ce qu'elle réussît à me dire : « Il y a un fœtus dans le bac à glace ! » D'abord je crus qu'elle délirait. L'idée que je ne la croie pas augmentait visiblement son angoisse, je l'accompagnai au bac à glace, elle entrouvrit peureusement le couvercle isothermique et me dit : « Alors tu ne la vois pas cette petite jambe fripée, là, entre les glaçons ? » Je téléphonai immédiatement à la réception, qui appela la police. L'affaire était d'autant plus embarrassante que depuis plusieurs mois, dans la presse internationale, on parlait d'un commerce d'enfants à Tahiti. Il n'y avait aucune raison que les policiers tourmentent Jayne, c'est ce que je leur expliquai moi-même. Elle trembla dans mes bras en grelottant toute la nuit. Depuis sa fausse couche en Afrique tout ce qui tournait autour des bébés ou des femmes enceintes la rendait hystérique.

À Ségou je me levais à la fraîche, dès cinq heures du matin, laissant Jayne dormir, certaines nuits de brefs ouragans avaient arraché la moustiquaire de l'arbre, nous emmaillotant dans le tulle comme des fantômes rampant avec leur matelas pour le mettre sous la passerelle à l'abri de la pluie. Je marchais le long du fleuve. Les marchands de poulets arrivaient en vélomoteur, ayant accroché par les pattes, la tête en bas, une dizaine de volailles jacassantes à chaque guidon. Les vieilles femmes disposaient leurs carpes pourries sur de petits morceaux de tissu effrangé. Je me perdais souvent dans les rues transversales pour retrouver l'Auberge.

Le Libanais était déjà levé, je faisais semblant de ne pas le voir. Je m'asseyais à la terrasse, Mamadou venait m'apporter mon café. Je restais là sans rien faire jusqu'à huit heures environ, je commandais un yaourt, il n'y en avait pas tous les jours. Un jeune Noir arrivait sur une voiture basse à guidon et à pédales dont il s'extrayait comme un crabe, rampant jusqu'à la rambarde de la terrasse sur ses moignons. Il était extraordinairement gai et discret dans sa façon de me regarder, car je devais être pour lui autant une bête curieuse qu'il l'était pour moi. Sans connaître son nom, je revoyais tous les matins ce garçon, il m'était très sympathique, coincé comme je le suis je n'ai jamais osé lui adresser la parole. Je prenais un autre chemin par le marché pour regagner la maison. Je réveillais Jayne, voluptueusement assoupie sous sa moustiquaire, et je lui préparais un café. Quand elle avait pris sa douche, Jayne partait avec un panier chercher au marché des bananes pas trop pourries, et quand arrivaient Bouba et Kola, qui adoraient prendre le quatre-quatre avec Jayne, elle les emmenait jusqu'à la laiterie pour chercher des yaourts, et chez le marchand de glace, s'il n'était pas déjà dévalisé. Je trouvais que Jayne était folle avec ces deux garçons. Elle s'était mis dans la tête de leur apprendre l'anglais, et leur faisait tous les jours un cours sur la terrasse. Ce que je trouvais le plus déraisonnable, c'est qu'elle n'arrêtait pas de leur confier des billets de cent dollars, ce qui était une fortune pour eux, pour qu'ils aillent les changer à la banque en francs africains, et nous rapportent du champagne et de la glace. Nous avions emporté avec nous une caisse en zinc pleine de médicaments : en plus grande quantité du Lariam pour les fièvres du palud, car il y avait de nouvelles souches de moustiques qui résistaient à la Nivaquine, des antibiotiques, de l'Imodium contre les chiasses, des médicaments contre la douleur, des tranquillisants. Chaque fois que je rouvrais le coffre pour en prendre un, il me semblait que notre cargaison de médicaments diminuait à vue d'œil. J'ai essayé d'en discuter avec Jayne, mais elle ne voulait pas en entendre parler, elle se fâchait même :

— Tu n'as rien trouvé de mieux pour qu'on se débarrasse de Bouba, c'est ça ? me disait-elle.

Alors les *chlamydiae* ont surgi entre nous. Jayne disait qu'elle sentait quelque chose qui ne tournait pas rond dans son ventre, elle voulait consulter un gynécologue. Nous nous renseignâmes, il y en avait à Ségou, un jeune docteur français qui s'appelait Christian Yvrard, dont on ne pouvait imaginer comment il était arrivé dans ce bled, c'eût été sans doute une très longue histoire, peut-être écopait-il tout simplement ses vingt mois de coopération. Jayne revint de sa visite, dans un bidonville infâme, en confirmant qu'elle était enceinte. Mais le gynécologue avait détecté une infection, microbienne avait-il dit, il fallait faire au plus tôt une analyse de sang pour pouvoir la soigner correctement. Il nous déconseillait d'aller à l'hôpital de Bamako, à cause des événements, et avait proposé à Jayne de faire lui-même la prise de sang et de l'acheminer avec d'autres prélèvements dans la fourgonnette glacée qui faisait la navette entre Bamako et les villages avoisinants pour les analyses des malades qu'on pouvait difficilement transporter. Il faudrait attendre une semaine le résultat. Je me rongeais les sangs : que pouvait sous-entendre « infection microbienne » ?

L'après-midi était si torride qu'après notre repas, qui consistait en une soupe de fruits à moitié pourris nageant dans le yaourt déjà sur, nous nous repliions sur les sièges de la passerelle, où passait un très léger courant d'air. La torpeur était telle que nous ne pouvions même pas lire, ni fermer les yeux pour dormir. Nous avions les chasse-mouches de paille tressée que nous avions achetés au marché, et nous nous en servions comme d'éventails jusqu'à la crampe de nos poignets. Les pieds sur la rambarde, nous regardions vaguement la cour en contrebas. Les enfants étaient rentrés de l'école. Bouba se balançait dans le hamac où il s'était couché, tandis que Kola, avec un plumet de tiges en forme de sablier, balayait les feuilles mortes de la cour.

Je n'osais pas regarder Bouba, j'avais parfois l'impression qu'il m'observait d'en bas, et qu'il se moquait de moi avec la complicité de Jayne. Quand Kola en avait fini avec ses feuilles il montait sur la terrasse pour nous préparer le thé. C'était une cérémonie qui durait plusieurs heures. D'abord il fallait allumer les braises, les rendre incandescentes en les battant avec le chasse-mouches, puis transvaser l'eau de ville qu'on prenait dans des bidons dans la petite théière d'émail bleue, mettre le thé et le transvaser des dizaines de fois en en rajoutant pour qu'il soit fort et sombre comme du café. C'était la première tournée : sur un petit plateau ouvragé, Kola nous présentait les trois verres bouillants avec le thé le plus fort qui devait nous aider à lutter contre la chaleur. Il reprenait nos verres sitôt bus pour préparer la deuxième tournée. Il sortait son lance-pierres et sa fronde pour se délasser de l'attente qu'imposait la petite bouilloire bleue à anse en grimpant sur l'arbre de la terrasse, et en visant des caméléons aux couleurs irisées jaune et rouge et les

99

lézards graciles, qu'il massacrait, pour l'amusement.

On nous déconseille de quitter Ségou. À Bamako, le gouvernement Traoré a été renversé, ses ministres se suicident pour ne pas être sortis de force de chez eux et brûlés vifs dans la rue sous les yeux de leurs familles. Nous voulions pousser avec le quatre-quatre, le long du Niger, jusqu'à Gao, puis Mopti, mais on raconte que les rebelles touaregs, montés sur leurs chameaux, emmitouflés de soie bleue, leur fusil et leur sabre en bandoulière, les yeux dissimulés sous des Ray Ban, prenaient en otage des touristes, ou les dépouillaient en leur laissant la vie sauve.

Le pronostic du Dr Yvrard était formel : il s'agissait d'une blennorragie à germes *chlamydiae,* une souche spécialement rebelle qu'il fallait traiter avec beaucoup de soin, sinon on risquait de se refiler toujours le germe, et il devenait résistant au seul antibiotique capable de le dégommer pour l'instant, le Protector. Le Dr Yvrard conseillait vivement à Jayne de provoquer une fausse couche le plus vite possible. Si les *chlamydiae* ne s'étaient peut-être pas propagées à la couche fœtale, par

100

contre le Protector, que nous étions forcés de prendre l'un et l'autre et dont il nous fit une ordonnance pour dix jours, risquait de provoquer des malformations chez l'enfant. Il proposait à Jayne de faire lui-même l'intervention, dans des conditions maximales de salubrité, assurait-il. J'étais atterré, je devais tirer une tronche pas possible, Jayne me dit :

— Ce n'est pas toi, quand même, qui dois avorter.

— Mais c'est une blennorragie à la fin, ou ce n'est pas une blennorragie, ces petites bêtes ?

— C'est une blennorragie, répondit Jayne calmement.

— Alors ça veut dire... Moi je n'ai couché avec aucune femme depuis que je te connais.

— Et moi avec aucun homme, alors tout va bien.

— Tu te paies ma tête ?

— Écoute, me dit Jayne, si on commence à se soupçonner l'un et l'autre, ça va être l'enfer. Ça l'est déjà ici quand on s'entend bien. Je te rappelle que je ne supporte que pour toi cette torpeur et cette puanteur. Je n'ai toujours pas compris pourquoi tu as voulu venir en Afrique.

La présence de Bouba m'obsédait. J'avais l'impression qu'il n'en cirait pas une, qu'il nous volait nos médicaments et qu'il me narguait l'après-midi en sifflotant au rythme du balancement du hamac. J'avais l'impression que c'était lui le maître, et nous ses serviteurs. Quel âge pouvait-il avoir ? Quinze ans ? Seize ? Quatorze ? C'était difficile à dire. C'était indéniablement un beau garçon, musclé, mince, élancé, avec un joli visage et un sourire resplendissant, une peau mate et terreuse mais qui avait l'air douce au toucher. Il était toujours habillé de blanc, et, très coquet, changeait de tee-shirt, de chemise ou, le plus souvent, parce qu'il mettait ses muscles en valeur, de débardeur, deux ou trois fois par jour. Il n'avait plus l'âge de tirer les caméléons avec une fronde. Il avait déjà l'âge d'être adoré par une femme. Je le haïssais. Je formai le projet encore vague de le buter, de sang-froid, avec le pistolet.

Avec Jayne nous avons passé une grande partie de la journée à sillonner Ségou en quatre-quatre à la recherche d'une pharmacie qui pouvait nous fournir du Protector. On a dû en commander, on nous l'a promis pour demain. J'y retournai le lendemain, la pharmacie était fermée. Y retournai le surlendemain, on fouilla dans les caisses, le médicament n'était pas arrivé mais on me jurait les grands dieux qu'il serait là demain. Quand on me tendit enfin du Protector, ce n'était qu'une boîte, et il en fallait quatre pour nous soigner Jayne et moi, je commandai les trois autres boîtes, on me regarda d'un air sceptique. Nous eûmes le tort de commencer le Protector, car nous dûmes l'interrompre faute de médicaments, et ces premiers comprimés ne firent qu'agresser le germe, qui réattaqua de plus belle. Nous n'en finissions plus, Jayne et moi, de nous refiler cette saloperie. Quand l'un croyait en être guéri, il l'avait déjà repassée à l'autre, qui le recontaminait. En fait le département sanitaire du Mali avait dû décréter l'allocation d'une boîte de Protector par an, sur tout le territoire, ce qui fait que personne ne pouvait être soigné, et que les infections devenaient de plus en plus virulentes, et de plus en plus transmissibles. Restait le marché noir, qui sévissait aux abords des pharmacies.

Nous continuions à aller à un endroit que nous appelions la plage, qui était une bande de terre déserte à la sortie du village, une lagune de sable poreux où s'était échoué, rouillé et démantibulé, l'ancien bac qui servait à relier les deux rives, sous la carcasse duquel, dans la vase, nichaient d'énormes crapauds peureux, qui passaient parfois le bout de leur tête. Jayne n'en démordait pas, elle voulait qu'on emmène les enfants, pour qu'ils se baignent, et pour qu'ils jouent, ils emportaient un ballon. Je n'avais aucun plaisir à les voir s'ébrouer dans cette eau glauque. Jayne faisait un petit numéro de dos crawlé pour les épater, je lui disais : « Tu es cinglée, avec les miasmes qui doivent traîner là-dedans. » Elle disait : « Je suis immunisée, je me suis entraînée à boire chaque matin un peu du filet maigre de la douche, à doses homéopathiques, maintenant mon corps est résistant. Je pourrais me baigner n'importe où, même dans le Niger, là où on a incinéré le tas d'ordures. Me baigner dans cette fumée comme dans un parfum de narguilé. » Il y avait de l'autre côté de la rive une petite bande de terre avec deux ou trois cahutes, un âne, des chèvres, quelques poulets. Une famille habitait là, qui avait un petit garçon sourd. Dès qu'il nous voyait arriver il prenait sa barcasse avec sa guitare et venait nous jouer de la musique. C'était magnifique. La guitare se composait d'un fil de fer, d'une boîte de conserve vide et trouée, et d'une branche flexible. Ce garçon n'entendait pas la musique qu'il produisait, mais il en percevait les vibrations du bout des doigts, et cela avait l'air de le rendre heureux. Bouba et Kola ne l'aimaient pas et se moquaient, parce qu'à chaque fois nous lui donnions un peu d'argent qu'il rapportait à la maison en trépignant de joie, secouant le billet dans le vent comme un étendard, et marchant sur les mains pour nous épater. Un jour le garçon sourd insista pour nous emmener sur l'autre rive rendre visite au très vieux sorcier qui y habitait. Le vieil homme était comme statufié dans un repaire insensé, d'un mètre carré, couvert de peaux de bêtes, où pendaient des cornes de rhinocéros, des queues d'éléphant, des gris-gris et des armes. Il riait en permanence. Il nous baisa les mains à Jayne et à moi, me donna un petit chapelet de pierres colorées translucides, et nous demanda de revenir pour le prendre en photo avec ses petits-enfants.

Cela faisait maintenant un certain temps que je ne laissais plus Jayne toute seule sous sa moustiquaire entre cinq heures et huit heures du matin, je me passais de mon café à la terrasse de l'Auberge et du regard du jeune malade. D'un jour à l'autre, sans prévenir, Bouba ne vint plus à la maison. Je fis remarquer à Jayne que le coffre aux médicaments était vide, qu'on avait juste laissé au fond, pour tromperie, des emballages vides, sans les notices explicatives. On m'avait fait les poches durant la nuit, mais on n'avait pas touché aux affaires de Jayne. Elle explosa :
— Toujours à te méfier! Toujours à accuser! Mais si ça se trouve, ce garçon n'y est pour rien! C'est presque inquiétant qu'il ait disparu comme ça. Je vais aller voir Mamadou pour prendre de ses nouvelles.

Kola balayait la cour d'un air chargé d'inquiétude. Le hamac était vide.

Un matin, en me réveillant ou plutôt en voyant le jour pointer parce que, sur des charbons ardents, je n'avais pas fermé l'œil de la nuit (de fait, de tout notre séjour en Afrique, je n'ai pratiquement pas dormi à cause de la chaleur. L'absence de sommeil met dans un état très curieux, flottant, irréel, à la fois vaporeux et hyperlucide), je secouai Jayne et lui dis :

— Nous partons. Nous partons, aujourd'hui, et le plus vite possible. Nous n'avons pas à déposer le coffre aux médicaments dans un hôpital puisqu'il n'y en a presque plus, les livres nous les laisserons dans une bibliothèque en passant devant une école. Nous n'emportons que nos propres bagages, pour avoir le moins de problèmes possible à la douane. Nous filons sur Bamako, nous laissons la voiture à l'aéroport, et nous montons dans le premier avion pour l'Europe, pour n'importe où, Düsseldorf, Madrid, Dublin, mais nous quittons ce pays de malheur.

— En une nuit, me dit Jayne, tu as décidé que ce pays où tu as fait des pieds et des mains pour aller était un pays de malheur, qu'est-ce qui t'a pris ?

— Je ne le sais pas, justement, mais je sens qu'il faut être ce soir ou demain matin à Zurich, ça j'en suis sûr. Barricadons tout et allons déposer les clefs chez Mamadou.

— Bouba a disparu, nous dit tristement Mamadou, et moi j'ai une fièvre de cheval, je grelotte, vous avez pas de l'aspirine ?

Sur la route nous réessayons d'obtenir une bière fraîche dans notre tanière, mais il n'y avait plus de bière, ni chaude ni froide, et l'enfant assis dans son coin d'ombre n'était plus sur son fauteuil. Dans les faubourgs de Bamako et dans le centre-ville aucun signe de l'insurrection n'était visible. Un avion pour Marseille devait partir dans la soirée. Dans les boutiques de souvenirs de l'aéroport, j'achetai un collier en ébène avec le bracelet assorti pour ma grand-tante Suzanne. Je savais qu'elle ne les porterait pas, mais elle saurait comme ça que j'avais pensé à elle.

De Marseille, j'arrivai à joindre mon père au téléphone, qui m'apprit que ma grand-tante Suzanne était morte la veille. Le matin de sa mort avait été un matin comme tous les autres : les infirmiers étaient venus faire sa toilette, la lever de son lit et l'asseoir dans son fauteuil percé. Sa gouvernante était auprès d'elle, mais elle ne lui parlait plus depuis longtemps. Suzanne ne supportait plus rien, ni la musique qui avait été la passion de sa vie, ni la lecture, ni son jardin, ni ses fleurs, ni les oiseaux qu'elle avait contemplés toute cette dernière décennie. Une seule chose l'occupait : écrire des lettres à ses parents, qu'elle dictait à sa gouvernante, des lettres joyeuses, innocentes, où elle ressuscitait les premiers goûters du printemps, les jeux avec les petits camarades. Le problème survenait chaque fois lorsque la gouvernante, dont elle épiait les gestes, devait écrire une adresse sur l'enveloppe. Elle la soupçonnait de vouloir l'empêcher de communiquer avec ses parents, pour pouvoir la garder pour elle, car elle finissait chacune de ses lettres en les suppliant de venir la rechercher. Peu avant l'heure du déjeuner, elle me réclama, ce qu'elle ne faisait plus non plus depuis longtemps : j'étais comme la musique, les livres, les fleurs et les oiseaux, elle vivait dans le silence et dans l'ombre, les volets tirés. Elle dit : « Je veux voir mon petit chou. » Sa gouvernante lui expliqua que j'étais injoignable, quelque part au Mali, et qu'on se faisait du souci pour moi à cause des événements politiques. Alors Suzanne se mit à suffoquer. La gouvernante appela SOS Médecins, le jeune docteur dit : « Vous voyez bien que cette femme est en train de mourir », il la fit transférer à l'hôpital, où elle mourut en début d'après-midi. Le matin Suzanne parlait encore, elle avait au moins une partie de sa conscience puisqu'elle me réclamait, le soir, c'est la gouvernante qui l'avait accompagnée à l'hôpital qui en a témoigné, avouant par là sa curiosité car elle avait eu le courage de soulever le drap qui la recouvrait, une immense cicatrice hâtivement recousue traversait tout son corps, de la trachée au pubis, on l'avait vidée comme un poulet de son cœur, de son foie et de ses poumons. Suzanne avait rédigé vingt ans plus tôt un papier dans lequel elle décrétait donner son corps à la science. D'abord, à Marseille, ce décès me fut indifférent. Puis, à Zurich, il me frappa de stupeur. Il fallait que je me rende à l'évidence : je ne reverrais plus jamais, plus jamais ma grand-tante Suzanne qui avait été mon amie la plus intime pendant vingt ans, sauf dans les rêves. Ce qui restait de son corps avait déjà été aspiré dans le labyrinthe médical. Et il n'y avait aucune cérémonie pour sceller ce décès, et pour ainsi dire l'effacer, le faire tomber dans l'oubli : ni enterrement, ni messe, ni rien, elle l'avait voulu ainsi. Elle nous avait volé jusqu'à son corps, son cadavre. De surcroît mon père m'apprit, c'était la gouvernante qui le lui aurait dit, bien qu'il fût trop tôt pour la lecture du testament, que Suzanne nous aurait dépossédés de sa fortune, même sa vieille gouvernante qui lui était dévouée depuis cinquante ans, préférant la léguer intégralement à la Fondation contre le cancer. Je ressentis très cruellement cette dépossession absolue et appelai Elvire, qui avait été ma maîtresse et que j'avais fait entrer dans le holding de mon père, pour qu'elle passe avec sa voiture et me conduise chez ma grand-tante, où je voulais au moins récupérer quelques objets, m'y sentant d'autant plus habilité que Suzanne me répétait souvent : « Quand je mourrai, tu viendras ici prendre les choses qui te plaisent. » Je ne voulais pas mêler Jayne à cette affaire. Ma grand-tante Suzanne habitait un hôtel particulier dans le quartier résidentiel de Zurich, elle m'en avait donné les clefs pour que je ne dérange pas la

109

gouvernante, qui commençait à se faire vieille, chaque fois que je venais la voir. Elvire gara sa voiture devant la maison, et nous montâmes l'escalier qui menait au premier étage, à l'appartement de Suzanne. Seulement sa clef, qui restait toujours à l'extérieur sur la porte s'il lui arrivait quelque chose pendant la nuit, en avait été retirée. Je regardai sous le paillasson, puis sous des journaux qui traînaient là sur un vieux radiateur hors d'usage, rien. Qui donc avait pu prendre cette clef ? Cette disparition, encore une, me mit dans un état de rage inimaginable. Je dis à Elvire : « On va forcer la porte. » On essaya de faire sauter la serrure en poussant à deux sur la porte, elle résistait. Je courus dans le garage pour y trouver des instruments un peu solides : une sorte de levier, et une hache. Ma fureur me mettait dans un état proche du dédoublement. Tandis qu'Elvire avait glissé le levier sous la porte pour essayer de la faire céder par le bas, j'attaquai la serrure à coups de hache, avec mon bras gauche, je m'en souviens, qui me semblait plus fort que le droit. La porte céda. Nous entrâmes dans l'appartement sombre, intouché, intact. Alors nous nous comportâmes comme des vandales, mettant l'appartement à sac après avoir laissé la porte en charpie, pour le dévaliser. Je secouai par terre les cadres en argent, faisant tomber les photos de ma grand-tante et de mon grand-oncle pour récupérer les cadres. Je vidai dans un geste brutal, sur le bureau de ma grand-tante, le classeur en bois en forme d'éventail dans lequel elle gardait ses papiers les plus intimes, sans aucune curiosité pour ces papiers, juste pour récupérer le classeur qui pourrait me servir. Et *tutti quanti*. Elvire, saisie par la même fièvre que moi, s'empara d'une descente de lit en peau de léopard, d'une lampe et d'un édredon : « On a toujours besoin d'un édredon. Tu ne veux pas qu'on prenne aussi les draps ? De beaux draps en fil de coton, c'est devenu rare maintenant... » Nous chargeâmes à l'arrière de la voiture plusieurs chaises, dont le fauteuil de bureau néo-égyptien de Suzanne. J'avais quand même récupéré au dernier moment un de ces photomatons de Suzanne que j'avais arrachés à leur cadre. Nous repassâmes dans mon appartement pour décharger le mobilier. Entre deux portes Jayne me chuchota :

— Je me suis permis de mettre mon nez dans tes comptes. Je préfère te le dire tout de suite : nous sommes ruinés. Il faut interrompre les travaux du nouvel appartement.

J'étais hors de moi, je dis à Jayne :

— Qu'est-ce qui te prend ? Depuis quand t'ai-je demandé de t'occuper de mes affaires ? Ça ne te suffit pas d'aller baiser avec des négrillons et de me refiler leur chtouille ? Je dînerai avec Elvire, fais ce que tu veux de ton côté.

Elvire avait déjà un dîner avec un ami architecte, qu'elle ne pouvait décommander. Nous dînâmes tous les trois, ils m'exaspéraient. Je n'avais qu'une hâte : retrouver Jayne, et lui demander de me pardonner. Je craignais qu'elle n'eût fait ses bagages. En sortant du restaurant rue Pétel, je me pris les pieds dans le caniveau, et je tombai à genoux, devant l'église orthodoxe. J'étais tellement éberlué qu'Elvire me releva et m'installa dans sa voiture. Je n'avais pas mal, mais j'étais choqué par la chute. Jayne était restée à la maison. Je l'embrassai tendrement. Et puis j'ai voulu lui demander pardon, j'ai ouvert la bouche, mais rien ne sortait, je ne pouvais plus parler. Puis je suis tombé à la renverse et me suis réveillé à l'hôpital, au bout de trois jours de coma, n'ayant aucun souvenir récent, ne pouvant plus parler, ni remuer mon bras gauche, ma jambe gauche et mon pied gauche étant comme morts.

Je suis devenu amnésique en une nuit. Je suis allé en Afrique pour trouver l'oubli et m'oublier moi-même, Rimbaud pour effacer son passé en devenant chasseur d'éléphants qui rêve d'épouser une petite femme à Charleville avec tout l'ivoire qu'il aura raflé, loin de ses frasques de jeunesse et de son écriture d'antan. Les mots sont de plus en plus doubles, j'ai failli écrire enfant, ça sonne pareil et la dactylo n'aurait pu rétablir ce mot une fois que je serais incapable de me relire et de me corriger, et à quoi bon tout ce tintouin pour un mot qui n'est pas un contresens de surcroît. Laisser courir. Ne plus savoir écrire. L'écriture est aussi un réflexe moteur qui se transmet du cerveau à la main, j'ai disjoncté cette nuit. Mes souvenirs sont de la bouillasse et il n'est même pas sûr que je puisse continuer à tenir ce stylo, le mien, convenablement, pour continuer, pour me raccrocher à ça, au moins.

Je me souviens de mes livres, c'est la seule chose dont je me souviens précisément. Mais comment ordonner un livre ? Le dater ? Je ne me souviens plus de la date d'aujourd'hui, exprès je n'avais pas emporté de montre en Martinique, quel abruti. Comme pour un vieillard les jours passent pour moi sans que je parvienne à les comptabiliser ou à les arrêter. Peut-être ce nouveau travail pourrait-il devenir pour moi un mémento. Mais quel intérêt de dater ou de numéroter des pages, sinon pour que la dactylo s'y retrouve. Toute la Martinique réafflue dans ma mémoire, avec ses jungles vers le nord sur la route dite des Jésuites.

J'ai besoin de repères. Me souvenir que je dois m'habiller pour ne pas sortir à poil devant le bungalow, mais dans quel ordre et avec quels gestes ? Cela prend un temps fou. Je n'ai plus la même sensation du temps.

Devenir un légume, c'est amusant de devenir un légume, ce sont les magies de la métempsycose. Un beau légume sous perfusion, les bras entravés par des aiguilles épaisses, les mains bandées pour m'empêcher d'écrire, ou dans une camisole de force pour m'empêcher de me jeter par la fenêtre. Paranoïa. Quand vais-je aller me rouler un patin à un cheval stationné devant l'hôtel ? Quand accepterai-je la folie des grands fous, de Nietzsche et d'Artaud avec ses pustules de syphilis sur le front, de Strindberg qui peignait des vagues et des champignons vénéneux ?

Je ne supporte plus l'odeur de la merde, de la mienne. Je ne supporte plus l'haleine des femmes : phobie. Je suis fou, fou à lier. Il faudrait qu'on me vaporise dans la bouche un concentré d'haleine de femme au lieu du menthol qu'on me fait inhaler à l'hôpital avant mes séances d'aérosol, tétant jusqu'à l'étouffement le tuyau de plastique gorgé d'oxygène. Je croyais entendre mon cœur battre un seul coup, mais ce n'était que la valve de l'appareil qui s'ouvrait-fermait en faisant ce petit bruit pour évacuer la Pentadimine que j'avais respirée. Pour me soigner de ma phobie de la merde, il faudrait que je la rebouffe comme lorsque j'étais bébé, mais ça salit les dents, à l'époque je n'en avais pas.

Je suis un être double, écrivain parfois, rien d'autre les autres fois, je voudrais être un être triple, quadruple, un danseur, un gangster, un funambule, un peintre, un skieur, j'aimerais faire du delta-plane et me jeter dans le vide, foncer comme un bolide sur des pistes dont la neige serait de l'héroïne. J'ai fait de moi la victime d'un mécanisme de schizophrénie que j'ai moi-même installé en me dédoublant en deux personnages, avec deux adresses différentes, une vraie qui est un prétendu bureau et une fictive d'où l'on me fait suivre mon courrier, un faux nom sur la boîte aux lettres et sur l'interphone d'où ma gardienne m'appelle en utilisant devant les gens, si elle doit me livrer des paquets, ce faux nom qui est en réalité celui de mon meilleur ami dont j'ai donné l'adresse comme étant la mienne, j'emprunte successivement l'entrée palière de mon appartement et une entrée de service par la cuisine, j'ai un nom sur ma carte d'identité et un autre sur ce passeport fallacieux que j'ai fait fabriquer par des Roumains, bientôt je signerai mes livres d'un nom d'emprunt.

J'ai vu dans une boutique un « arbre du voyageur », démontable, en plastique coloré, assez laid, Jayne m'a dit qu'ils portaient ce nom parce que chacune de leurs palmes contenait des litres et des litres d'eau qui soulageaient les voyageurs assoiffés. J'ai vu des colibris, aux ailes roses papillotantes de libellule, invisibles de vitesse au moment du chapardage des sucs sur le pénis des corolles.

Je détiens une photo couleurs qui me confirme que je suis bien parti avec Jayne dans ce coucou à quatre places pour les îles Grenadines. J'y porte mes lunettes noires, mon chapeau de paille hérissé comme des pics d'iguane. Et Jayne a son air rigolard des grands jours, puisque j'ai la photo sous les yeux. Mais la photo n'est pas datée derrière et je ne sais même pas quand nous avons fait ce voyage, ni si nous l'avons vraiment fait, ni si nous en sommes déjà rentrés.

On ne peut pas travailler sans arrêt, il faut des interruptions sinon on devient encore plus fou, se délasser par une lecture qui soit apaisante et justement pas Strindberg, ni Nietzsche, ni Artaud, mes grands fous. Qu'est-ce que j'étais en train de lire quand l'accident est survenu ? Je crois bien, si j'examine mon bagage, que c'était *Diadorim* de Guimaraes Rosa. Riobaldo et Diadorim étaient mes frères, les retrouver chaque matin, tandis que Jayne dormait comme un loir assommée par le rhum qu'elle avait ingurgité la veille au soir mais sans ronfler, me remettre avec ces amis fictifs remplaçait sa compagnie forcément défaillante.

Il ne faut pas que je vive dans un musée de peinture, sinon ce serait mon mausolée. J'ai tapissé de portraits d'enfants les murs de ma chambre, je suis un ogre à ma manière.

J'ai dit à mon masseur, qui venait d'entreprendre la face : ne vous aventurez pas trop dans les oreilles, ça risque de ne pas être très propre, les singes verts m'ont fauché en Afrique mes cotons-tiges pour se les fourrer Dieu sait où. Un singe avec un coton-tige, vous voyez un peu le tableau. Un singe avec une mitraillette qui tire dans la foule les yeux bandés.

Je retrouve moi-même dans mon cul, que je fouille sous ma douche du bout des doigts pour les en déloger, toute sorte de choses curieuses dont je n'arrive pas à m'expliquer la provenance : des capsules de métal, un buste en bronze de Beethoven.

Comment je suis passé de la Martinique à l'Afrique, je l'ignore. Aucun souvenir d'avion ni de train, aucun souvenir de rien, sauf que je me trouve aujourd'hui en Afrique, au Mali, à Ségou où j'ai des boys et une maison au bord du fleuve Niger, devant le marché du village et une cave où l'on brûle les ordures. Je n'ai aucun mal à me rappeler les noms de mes boys : Bouba le plus grand, Kola un enfant. Je les paie en F.A., francs africains, ou alors je leur donne cinq cents francs pour qu'ils les échangent au noir, ils gardent le surplus, cinq cents francs ici équivalent à deux mille cinq cents F.A. On veut régulièrement me racheter mon quatre-quatre, me l'échanger contre la maison.

Je suis rentré chez moi avec les affaires de Suzanne, j'ai tout balancé sur mon bureau et les éléments se sont déchaînés. J'ai pris entre mes mains un photomaton de Suzanne jeune, un craquement dans le bois s'est fait entendre, le tic-tac de l'horloge translucide aux pulsations de rubis et d'argent me maudissait à jamais et me hantait pour la vie, mon singe vert empaillé qui a transmis le sida à l'homme s'est mis à bondir vers moi. J'étais fou. Muzil disait toujours que depuis qu'il avait connu lui-même la vraie folie sous l'effet d'un cocktail de *poppers,* de cocaïne, d'amphétamines, d'Ecstasy et de *yellow pills* avec un énorme Noir dont il trouvait la bite trop petite dans ce sauna de San Francisco, qu'il avait honte d'avoir écrit toutes ces bêtises sur la folie, charmant Muzil maniant le paradoxe et prétendant qu'une œuvre philosophique n'était pas une œuvre d'écriture comme le roman, courant toujours après la vérité ou le feignant alors qu'elle n'était bien évidemment chez lui qu'une pure fiction. Il me fallait expier ma profanation, bien que ma grand-tante m'eût maintes fois répété que je devais tout prendre chez elle à sa mort pour que les neveux et les nièces qu'elle avait élevés mais qu'elle n'aimait plus, les anciens petits orphelins dont le père s'était noyé en voiture dans le canal, en soient dépossédés.

Le psychiatre a rédigé ainsi son rapport à son ami Hedi parti pour la Tunisie : « Cher confrère, votre patient, Monsieur Guibert Hervé, né le 14/12/55, a présenté dans la nuit du 23 au 24 un accès d'angoisse aigu avec impression de mort imminente et qu'il devait se protéger. Cet accès est survenu après un séjour éprouvant en Afrique où il n'a pas dormi pendant plusieurs nuits. Il semble que ce voyage soit en continuité avec un deuil non fait d'une grand-tante à laquelle il était très attaché et qui a donné son corps et sa maison à la science. Ce qui a vraisemblablement accru la sensation de dépossession. Avec un traitement anxiolytique classique à base de Tranxène, le patient s'est rapidement récupéré. Je lui ai donné mes coordonnées en attendant votre retour. Je vous prie d'agréer, cher confrère, l'expression de mes sentiments distingués. »

La parole du psychiatre « Il semblerait que vous soyez allé en Afrique pour réaliser un deuil » me rappela qu'à plusieurs reprises je m'étais enquis de la façon dont on y enterrait les morts : en les roulant dans les mêmes nattes en paille sur lesquelles on faisait la sieste, en les cousant dans ces cercueils de fortune qu'ils glissaient ensuite dans des grottes creusées dans la falaise, cela au moins pour les Peuls et les Touaregs.

Cette femme que j'avais tant aimée, cette amie intime à qui je ne cachais rien, m'avait demandé de l'aimer jusqu'à la mort. « La tienne ou la mienne ? » avais-je demandé. Elle était fatiguée, elle avait répondu : « Je ne sais pas. » À cette époque j'étais persuadé de mourir avant elle, à cause de ma maladie, mais elle n'y croyait pas. Son neveu disait avec rage à ses frères et sœurs : « Vous verrez qu'elle nous enterrera tous », tout comme David me dit souvent, pour me requinquer, malgré ma maladie : « Tu nous enterreras tous. »

Il faudrait quand même dire que je suis rentré d'Afrique couvert de pustules rouges, je m'en suis aperçu dans la chambre d'hôtel de Bamako, à mon retour le samedi soir.

Déjà une semaine que je suis rentré d'Afrique, et déjà toute une éternité. C'est peut-être cela que je suis allé chercher en Afrique : l'éternité. La couture indivisible entre la vie et la mort, la traversée de la durée, de la sensation du temps, comme on traversait le fleuve en pirogue pour aller écouter, dans le marigot, l'enfant sourd jouer de la guitare. Je n'arrive pas à savoir s'il y a déjà deux semaines que j'ai quitté Bamako, deux ou une, c'est incertain. L'horloge au cœur de rubis de Suzanne est déréglée, comme ma marche à moi était déréglée, tout mon système de marche détraqué par ma folie, je n'avançais plus droit mais de travers comme un homme soûl, et je tremblais tellement que je n'arrivais plus à former ma signature.

On avait voulu que j'aille vers Dieu, mais moi je n'en avais fait qu'à ma tête, et j'étais plutôt parti vers l'Afrique. Mais peut-être était-ce Dieu que j'avais rencontré en Afrique, dans la puanteur des carpes séchées au soleil, au bord de ce fleuve Niger qui aurait pu être le Gange, où allaient se laver à l'aube, pour ne pas être vus, les estropiés, mes frères. Qu'était donc parti chercher Rimbaud dans ce pays de sales nègres ? De l'ivoire, des armes, une fortune, son or caché dans sa ceinture, rêvant d'un retour au village et d'un mariage sans la trouille du service militaire ? L'oubli de soi ? Il y avait déjà tant de livres qui existaient sur la cause de cette disparition peut-être bête comme chou.

L'écriture c'est la folie, c'est à la fois la folie et la raison, le raisonnement de la folie. Je prends entre mes mains quelque chose, la seule chose que j'aie gardée de l'Afrique, qui pourrait être un chapelet s'il n'était enfilé avec des perles de pacotille et des débris de coquillage, sur une ficelle fragile, bénit par le sorcier. Je l'observe, posé sur cette feuille de papier retournée, assis sur le fauteuil de Suzanne, un fauteuil « néo-classique » égyptien a dit l'autre jour le brocanteur venu me déposer un tableau, son fauteuil qui ne paralyse pas mon écriture comme un fauteuil volé à une morte et maudit, comme une superstition, ma folie aurait pu me le faire croire : un pauvre gri-gri fait de tessons de bouteille râpés par la mer et de pierres précieuses camouflées entre deux dents élimées, le tout par hasard en forme de cœur. Trop grand pour être un bracelet, trop étroit et sans fermoir pour être un collier, c'était assurément un chapelet dont j'allais faire rouler les grains entre mes doigts pour prier. Le vieux sorcier dans sa tanière, de l'autre côté du fleuve où nous avait guidés l'enfant sourd, ce tueur d'hippopotames m'avait baisé les mains.

Je n'arrive plus à croire que je suis allé en Afrique. Pourtant j'ai sur mon bureau, pour m'en persuader, des billets de banque africains. Tout s'est effacé. Je ne suis pas fou. Où était-ce déjà ? Je cherche sur la mappemonde le point où je me trouvais, contre le fleuve Niger. J'ai déjà inventé des fictions de ce genre, raconté des voyages que je n'ai jamais faits, comme Eugène Savitzkaya pour sa *Traversée de l'Afrique* ou Raymond Roussel pour ses *Impressions d'Afrique,* deux livres que je vais relire pour retrouver l'odeur et la couleur de l'Afrique. Relire la correspondance de Rimbaud, du Harar à Aden, pour n'y rien piger de sa motivation. Que suis-je moi-même allé chercher et faire en Afrique ? J'ai fait de la pirogue sur le fleuve Niger, qu'on me coupe la main si ce n'est pas vrai.

La lampe de Suzanne, à cause de son fil dénudé antédiluvien, a provoqué un court-circuit, mettant le feu à mon bureau et détruisant tous mes papiers avec ce roman en cours. Il ne m'en reste rien, et les billets de banque africains, et le talon d'embarquement où était écrit mon nom au-dessus du mot Bamako, certifiant par là mon existence, je n'ai plus aucune preuve de mon voyage en Afrique. Je n'ai plus qu'à me laisser glisser vers l'amnésie.

Je n'arrive pas à savoir combien de jours de suite j'ai pris du Tranxène, en remplacement de la perfusion, après que Jules m'eut dit que j'avais l'air zombie complet. J'ai décidé de remplacer le Tranxène par le travail. À partir du 1er mai j'ai arrêté le Tranxène et me suis mis à écrire ce récit, sans repères tangibles.

Rimbaud est obsédé par l'argent, il est prêt à tout pour accroître sa fortune et ne pas se la faire voler : tuer des éléphants pour son commerce de l'ivoire.

Je suis perdu. Je ne retrouve plus mon chemin. Je me suis perdu. Je suis un enfant. Perdu dans la grande Afrique, sur une pirogue qui dérive. L'enfant sourd à la guitare en boîte de conserve. J'ai perdu mes amis, Bouba et Kola. On veut me racheter ma voiture, la Nissan Patrol, mais elle n'est pas à moi, je ne peux donc pas la vendre, on veut me l'échanger contre la pirogue ou contre les murs croulants de l'ancienne maison coloniale devenue boîte de nuit aux néons roses.

Je suis tombé à genoux, dans la rue Pétel, la nuit de ma folie à l'emplacement même où Louise s'était fait renverser par une voiture quelques jours après la mort de Suzanne, disant soudain à la gouvernante :

— Allons donc poster cette lettre.
— On aura le temps de la poster demain matin.
— Oui, mais alors pourquoi ne pas la porter tout de suite, nous n'avons rien à faire.

Elles partirent toutes deux dans la rue Pétel, Louise dit à la gouvernante :

— Là, vous voyez, c'est une église orthodoxe. Ce doit être beau. Quel dommage qu'on ne puisse pas y entrer.

« Alors j'ai fait un pas en avant et j'ai été emportée par la voiture que je n'avais même pas vue », me raconta Louise.

Ensuite, après que son épaule cassée se fut remise, la gouvernante la retrouva comme raide morte sur le plancher de l'entrée, devant le gros réfrigérateur blanc qui vrombissait. Elle était tombée dans la nuit tout habillée et n'avait pu se relever, s'était pissé dessus, avait vu s'agenouiller à ses côtés un petit garçon et une petite fille qui ne pouvaient lui être d'aucun secours puisque c'étaient des sourds-muets. Elle avait patiemment attendu, sans gigoter, les bras en croix, le retour du jour.

L'insurrection a repris à Bamako, coupe-feu à neuf heures, pannes d'électricité, interruptions d'eau. Je suis allé à la poste dicter un télégramme à mon architecte : « Ruiné — Stop — Arrêter tous les travaux. » Arrêtez de me mettre sur la paille, je vous en prie, avec vos fantaisies architecturales, vos escaliers qui ne mènent nulle part, ce n'est pas vous qui payez pour ces élucubrations.

Anévrisme du mercure dans la colonne du thermomètre, bouchée comme une artère par ce sang argenté. Jayne s'est mise à perdre du sang. Je ne sais pas si elle veut garder notre enfant. Nous avons fait le test ensemble, nous n'avons pas le sida. Je ne l'aurais pas attrapé au Congo, en baisant ces petites putes aux seins fermes et pointus et à la chair de cannelle. Puisque nous n'avons pas le sida, pourquoi ne pas nous offrir un enfant ? Jayne me dit qu'elle m'aime et je lui dis que je l'aime, mais en buvant comme elle boit elle sait qu'elle risque de perdre l'enfant et ça ne doit pas non plus être très bon pour lui, confit dans sa matrice, quand je fourre le canon du pistolet dans le vagin de Jayne pour l'exciter.

À l'envoûtement de l'écriture succède un désenvoûtement, le vide. Quand je n'écris plus je me meurs. Pas de panique. Dès le samedi matin je sentis le vent du boulet. Je dis à Jayne :

— Je suis comme une éponge trop pleine, qui ne peut plus rien emmagasiner, il faudrait que quelqu'un la presse pour qu'elle puisse se regorger, de toutes ces sanies et insanies.

— Je ne trouve pas que l'Afrique ait cet effet de dilatation, me répondit Jayne, ce serait plutôt le contraire : le dessèchement, le racornissement.

Jayne est malade. Tout le monde s'attendait que ce soit moi qui tombe malade, et voilà Jayne clouée au sol, fiévreuse, transpirante, la peau jaune et les yeux hagards qui me regardent à l'envers quand je viens lui porter un peu d'eau. Impossible de trouver de la glace dans ce bled privé d'électricité. Kola se brûle les doigts en portant ces débris d'iceberg pour le champagne de ce soir, ou le mousseux blanquette de Limoux, dont un autre grand-oncle faisait l'exportation dans les colonies. Personne n'est nostalgique des colonies. Le Libanais est déjà à l'Auberge, avec ses vilaines jambes poilues et sa connerie à fleur d'yeux, il n'aura pas réussi à se choper une touriste, même une laide, avec ses vidéos alléchantes. Le Libanais me dit : « Ça va ? Ça va un peu ? Ça va bien ? » Tout le monde ici demande ça en permanence, c'est l'unique échange de paroles. « Ça va. Ça va ? Ça va bien ! Il fait chaud. » Quand je rentre à la maison, les carpes séchées ont commencé à puer au bord du fleuve, et les estropiés sont partis se cacher. J'ai le ventre plein, je vais le débourrer. Il y a des crabes dans le trou qui remontent picorer un peu de merde.

Toujours les mêmes points blancs sur les clichés en coupe de l'IRM, dans la matière blanche du cerveau, « heureusement pour vous que ce n'est pas la grise », a dit le docteur avec finesse. Toujours ces points blancs, indéchiffrables, ininterprétables, comme déjà il y a six mois. Aucune évolution, aucune régression. Des points de flou, peut-être mes zones d'amnésie.

Pour la fête de la mi-carême, ils feront griller par centaines les matoutous, ces crabes de terre grouillants, comme ici on fera des orgies de requin, de tortue, d'oursins en bouillons et de poissons-capitaines, comme ailleurs de limaces, ou de cœurs de biches crus servis battants. Je dépiaute la carapace molle du matoutou, je gobe ses minuscules yeux d'ivoire au bout de ses antennes, je lui casse les pattes et je lui bouffe le ventre.

Mamadou a les fièvres, elle n'apportera pas de riz-sauce ce soir. Jayne ne se lève plus et ne mange plus, elle réclame de la glace et donne à Bouba, réapparu, des liasses de billets froissés pour qu'il en trouve, sinon les yaourts pourriront, les mangues aussi, et elle ne pourra pas faire sa royale salade de fruits. Vers midi Jayne se redresse de sa couche et envoie les enfants chercher de la glace qu'ils ne trouveront pas ou qui fondra en quelques instants sans avoir refroidi les bouteilles de soda dans la bassine, ni, dans la pharmacie, les flacons à injection qu'il faut préserver de la chaleur.

La terrasse porte les traces de l'ouragan : les chaises renversées, les éventails de paille balayés, la moustiquaire embrouillée sur elle-même, les branches cassées, la petite théière bleue dégommée de ses braises froides. Kola met de la musique, il faut changer les piles. Je prends une de ces chaises à lanières de plastique qui m'esquintent le dos et l'installe sur la passerelle dans le courant d'air, je prends un livre que je lis quelque temps pour de vrai, jusqu'à ce que ma chemise colle à la peau et que mes paupières aient envie de se refermer. On étouffe. Ainsi se passent les journées sans rien avoir à faire qu'à examiner des cartes routières en se demandant où l'on pourrait fuir. « Qui a mis la musique ? » demande Jayne, autoritaire. C'est Kola. Elle lui passe tout. Ils jouent aux cartes ensemble, ils jouent aux dés tandis que Kola retransvase pour la centième fois le thé de la théière bleue, jusqu'à ce qu'il n'y ait plus dans le petit verre qu'une mousse amère comme le café.

Dans le compotier en faïence, nous pataugeons avec nos cuillères dans la salade de fruits au lait sur, nous suçotons les morceaux de banane, nous récupérons dans le yaourt caillé les morceaux de mangue fibreux, c'est la fête aux *chlamydiae*. L'après-midi on ferme les yeux sur la passerelle, les pieds sur la rambarde, la tête contre le mur, il fait trop chaud pour dormir sous la moustiquaire. Nous nous faisons de l'air, les yeux fermés, en agitant ces petits éventails de paille tressée dont on se sert pour chasser les mouches, Kola pour ranimer les braises sous la théière bleue. Il nous apporte le deuxième thé, du plus fort au moins fort, Jayne n'accepte que le troisième. « C'est bon pour la déshydratation », dit-elle. On ne dirait plus qu'un crachat spumeux. J'ai un point dans le dos à cause de ces maudites chaises en lanières de plastique entortillées, je demande à Jayne si Bouba par exemple serait capable de me masser le dos. Jayne se propose de masser elle-même mon dos, je n'en ai plus envie.

En rentrant de l'école, Kola s'arrête au bas du palais et sous nos balcons dépiaute les cahiers de texte sur lesquels je lui ai appris le français, les feuilles vont voler dans le fleuve. La puanteur est à son maximum. En bas, dans les soutes fraîches du palais, derrière ces persiennes contre lesquelles Bouba s'est adossé pour nous narguer, de gros rats s'agitent dans l'obscurité, et attendent que le crabe ressorte de son trou gorgé de fientes. Vient l'heure délivrante de la première bière, il n'y a pas de glace dans la bassine, on prend la voiture pour aller la boire à la terrasse de l'Auberge. À la première gorgée tout vire du malheur absolu à la jubilation calme d'une anesthésie légère. Nous dans ce pays de malheur, pensé-je, il n'y a que ça à faire : boire, de plus en plus tôt, se soûler, être soûl du matin au soir comme un de ces Libanais abrutis qui tiennent l'hôtel et houspillent les nègres. Un boiteux vient mendier, c'est un bel enfant malgré sa démarche tordue et sautillante, tout son corps est déséquilibré autour de son moignon. Nous sommes bien à boire de la bière à cette terrasse en regardant les Européens garer leurs gros quatre-quatre avant de retrouver l'air glacé des chambres. En Martinique la bière locale était la Lorraine, j'ai déjà oublié le nom de cette bière africaine qui fait passer le temps dans une espèce de vague inconscience du malheur. Il y en a des grandes et des petites, nous en prenons une grande pour deux, et si nous sommes particulièrement désespérés, nous décidons, en un clin d'œil, de prendre deux grandes bières pour deux. Je retrouverai peut-être un jour le nom de cette bière africaine que j'ai au bout des lèvres.

Rimbaud

Dans l'obscurité, avec une lampe torche, sur la terrasse balayée de ses feuilles de cèdre, Mamadou vient servir le riz-sauce qu'elle a finalement préparé malgré sa fièvre. Jayne lui a rapporté une robe blanche, elle n'a pas ouvert le paquet, elle se balance sur la rambarde avec le paquet sans l'ouvrir, elle compte peut-être revendre la robe blanche ou la réoffrir, peut-être aussi Mamm est-elle une imbécile, bègue, qui se balance après avoir touillé dans cette sauce pimentée les abats d'iguanes. J'ai remis mes socquettes blanches et mes chaussures de ville, me suis vaporisé la citronnelle, ai accroché à ma poche, puissance maximale, la machine à ultrasons qui imite le bruit du moustique mâle qui veut féconder une femelle déjà pleine d'œufs, ce bruit répulsif de désir, la plainte du Libanais qui aimerait que Jayne caresse ses jambes grisâtres et poilues, ses deux jambonneaux gourds, devant la vidéo suggestive. Mes céphalées avoisinent l'amnésie. Je continue à faire rouler entre mes doigts, pour je ne sais quelle prière, la pacotille du gri-gri, les pierres translucides qui jettent des feux, ces débris d'os, ces tessons de faïence élimés par les vagues, ces dents de lait, ces éponges poreuses, ces lunules bleues, montées sur cette pauvre ficelle déchiquetée qui va rendre l'âme. On ne revient jamais d'Afrique, voilà la vérité. Je resterai fou, fou et amnésique, sans souvenir du nom de la bière africaine qui m'a soulagé le soir, et fait sombrer plus tard. Rimbaud dit qu'on y vieillit de cinq ans en un an, mais c'est peut-être beaucoup plus. Je suis déjà si vieux. Maintenant je suis vieux comme un arbre, comme un iguane millénaire à la carapace tannée par le soleil.

Le sorcier m'a dit de retirer le gri-gri de mon cou quand je fais l'amour. Je l'oublie et le laisse quand je refile mes *chlamydiae* à Jayne. Ici on ne trouve pas de Protector, ou on en trouve pour deux jours, ça ne sert à rien, on ne peut jamais se réapprovisionner. La pharmacie est un comptoir avec de vieilles publicités pour les comprimés qui combattent la fatigue et donnent une nouvelle vigueur. Jayne s'est soignée, avec ce Protector qui l'a clouée sur sa natte, les yeux fendus en amande à l'envers, des yeux pochés, et puis j'ai oublié de retirer mon collier, et je l'ai recontaminée. On se refilera sans fin ces *chlamydiae,* jusqu'à la mort définitive de nos organes génitaux hypertrophiés et troués comme des passoires, le Protector nous crèvera en bon remède de cheval, la Nivaquine nous rendra fous. Je n'ai plus la force de soulever un dictionnaire pour y chercher un mot. Les poils me poussent sur les oreilles.

La nuit on ne peut pas dormir, il fait trop chaud, malgré les courants d'air entre les volets que l'ouragan va bientôt faire claquer avec une régularité exaspérante, l'air ne passe pas sous la moustiquaire. Il n'y a qu'à attendre que revienne l'aube, et que tout recommence dans la même sempiternelle répétition. Quand le jour repointera, il n'y aura plus qu'un tour de cadran pour nous séparer de la première bière de la journée. Une Castel, une grande.

J'ai passé la nuit dans la salle d'embarquement de l'aéroport en attendant que l'avion revienne de Dakar. J'ai parlé avec un jeune Noir, instituteur à Gao, qui permutait avec un instituteur marseillais, la ville jumelée. Il m'a demandé quelle température il ferait en France, j'ai répondu : « À peu près vingt-cinq degrés en cette saison », il a dit : « Tant mieux, parce que nous ne sommes pas habitués au froid, nous sommes capables de mourir de froid. » À Marseille à l'arrivée, il faisait trois degrés, je n'avais qu'un tee-shirt sur moi et heureusement j'avais perdu de vue l'instituteur noir. Je ne sais même pas ce que je suis en train de raconter ou de reconstituer.

Je vais boire la dernière Lorraine de la journée, avant d'attaquer la soirée au rosé de Provence, au bar Détermination. Le ressac de la mer, la nuit, la même fille soûle qui se donne à qui en veut, une touriste perdue au bout du monde. Je refuse le rhum. Je refuse l'herbe. Je refuse les champignons hallucinogènes qui s'offrent à moi en brillant dans le soleil, comme des reflets de miroir, pour que je les cueille et les mâche et devienne fou, me dénudant sur la plage pour laisser caresser mon corps par l'air doux comme une chair ou une fourrure ou un pelage vivant, escaladant une montagne avec la force et l'agilité d'un singe, glissant sur sa paroi et me rattrapant au bord de la cascade en freinant avec mes talons. J'ai cru rencontrer Dieu, ou le diable, mais ce n'était ni l'un ni l'autre. Sur la plage j'ai remis mes sandales en cuir de chameau, si douces aux pieds.

La vie est douce chez Rosette. Je pourrais y finir mes jours. J'aime la répétition et les jours se répètent, presque semblables. Diane est repartie. Il n'y a plus personne dans la pension, car l'époque des cyclones va arriver. « Parfois, dit Rosette, le typhon emporte entièrement l'hôtel, il n'en reste plus rien, on doit tout reconstruire, j'espère que ça ne va pas être comme ça cette année. » Rosette rêve de voir un jour la neige : pour elle la neige inconnue est une déesse. Est-il plus répugnant de tuer ou de se tuer ? Les gros crapauds qui apparaissaient dans la vase sous la carcasse rouillée du bac sont repus, gonflés : ils ont trop dépiauté de cette chair ramollie par l'eau et sa pourriture. Je réfléchis au sens de ma vie, s'il y en a un. Quand j'en aurai le courage, je me tirerai une balle dans la tête. On m'enterrera auprès de Jayne, qui a été le plus grand amour de ma vie. Je pense maintenant qu'elle s'est jetée sur la barrière de corail pour venger Bouba en me privant de cet amour.

Rimb. ne m'a rien appris sur l'Afrique, sinon qu'on y va pour s'abîmer, pour se perdre, pour s'effacer de la carte, pour s'y griller, pour s'y ruiner, pour y être oublié, pour s'y ennuyer d'un ennui mortel. Je regarde des photographies de l'Afrique et je vois bien que l'Afrique n'existe pas.

Roussel ne m'a rien appris sur l'Afrique. Il n'y est même pas allé puisqu'elle n'existe pas. Il a fait demi-tour. Après un long voyage en bateau, apercevant enfin ses côtes à la longue-vue, il aurait donné l'ordre aux mousses de rebrousser chemin. Il valait mieux rêver d'Afrique qu'y mettre les pieds.

L'Afrique ne coïncide pas avec la Martinique. Tout exotisme en Afrique est déjà calciné en lui-même. À mon retour du Mali, j'avais cru comprendre que l'homme n'était rien ni personne. Et j'aurais pu aussi bien dire qu'il était tout.

DU MÊME AUTEUR

Aux Éditions Gallimard

DES AVEUGLES (Folio).

MES PARENTS (Folio).

VOUS M'AVEZ FAIT FORMER DES FANTÔMES.

MAUVE LE VIERGE.

L'INCOGNITO.

À L'AMI QUI NE M'A PAS SAUVÉ LA VIE (Folio).

LE PROTOCOLE COMPASSIONNEL (Folio).

L'HOMME AU CHAPEAU ROUGE (Folio).

LE PARADIS.

VOLE MON DRAGON.

LA PIQÛRE D'AMOUR ET AUTRES TEXTES *suivi de* LA CHAIR FRAÎCHE.

Hors série luxe

PHOTOGRAPHIES.

Aux Éditions de Minuit

L'IMAGE FANTÔME.

LES AVENTURES SINGULIÈRES.

LES CHIENS.

VOYAGE AVEC DEUX ENFANTS.

LES LUBIES D'ARTHUR.

LES GANGSTERS.

FOU DE VINCENT.

Aux Éditions du Seuil
MON VALET ET MOI.
CYTOMÉGALOVIRUS.

Aux Éditions Jacques Bertoin
VICE.

Aux Éditions Régine Deforges
LA MORT PROPAGANDE.

Aux Éditions Actes Sud
LETTRES D'ÉGYPTE

*Composition et impression Bussière
à Saint-Amand (Cher), le 13 février 1996.
Dépôt légal : février 1996.
Numéro d'imprimeur : 2540.*
ISBN 2-07-039445-X./Imprimé en France.

LA MANSUÚTUDE — LENIONCY